für alle,
die auf dem Weg sind

Raimund Eich, Jahrgang 1950, lebt in Neunkirchen/ Saar. Er veröffentlichte im Jahr 2004 mit dem Tatsachenroman „Angst um Melanie" sein Erstlingswerk. Informationen über weitere Veröffentlichungen finden Sie am Ende dieses Buches sowie auch auf seiner Homepage http://raimunds-schmoekerkiste.jimdo.com

Raimund Eich

Nebel auf dem Weg

Bibliografische Information der Deutschen Nationalbibliothek:
Die Deutsche Nationalbibliothek verzeichnet diese
Publikation in der Deutschen Nationalbibliografie; detaillierte bibliografische Daten sind im Internet über
http://dnb.dnb.de abrufbar.

Herstellung und Verlag:
BoD – Books on Demand, Norderstedt

ISBN: 9783739243290

Inhaltsverzeichnis

Vorwort des Autors..7

Kapitel 1: Die Brücke..10

Kapitel 2: Bodo...18

Kapitel 3: Einstieg..26

Kapitel 4: Die Quelle...32

Kapitel 5: Auf dem Weg...38

Kapitel 6: Die Beichte..42

Kapitel 7: Nach Bürdenbach.......................................56

Kapitel 8: Die alte Mühle...61

Kapitel 9: Am Marktplatz...67

Kapitel 10: Talwärts...79

Kapitel 11: Über Gott und die Welt...........................86

Kapitel 12: Geistvolle Dialoge.................................108

Kapitel 13: Heftige Auseinandersetzung.................117

Kapitel 14: Abendmahl..128

Kapitel 15: Fundstück...............................146

Kapitel 16: Auf dem Hof..........................151

Kapitel 17: Schule des Lebens.................166

Kapitel 18: Am Bürdenfall.......................177

Kapitel 19: Rückkehr..............................187

Epilog..202

Weitere Veröffentlichungen des Autors.................204

Vorwort des Autors

Gehören Sie auch zu denen, die sich gelegentlich mit Fragen nach dem eigentlichen Sinn ihres Lebens beschäftigen? Wenn ja, glauben Sie auch an ein göttliches Wesen sowie an ein Weiterbestehen unserer Seele oder unseres Geistes über den Tod hinaus?

Viele sind skeptisch, denn schließlich kann niemand beweisen, dass es Gott wirklich gibt oder dass unsere Seele über den leiblichen Tod hinaus weiter existieren wird, ebenso wenig, wie jemand einen Gegenbeweis dafür zu erbringen vermag. Mit derartigen Fragen, die jeden von uns betreffen, müssten sich eigentlich alle Menschen auseinandersetzen, unabhängig davon, welche Antworten ein jeder darauf für sich selbst findet. Doch der liebe Gott, so scheint es mir jedenfalls, ist bei uns zunehmend aus der Mode gekommen, ein Auslaufmodell für viele, wofür beispielsweise zahlreiche Kirchenaustritte seit vielen Jahren sprechen. Andererseits ist der Glaube an einen

Gott, wie auch immer man ihn namentlich bezeichnen mag, grundsätzlich nicht von der Zugehörigkeit zu einer bestimmten Kirche oder Religionsgemeinschaft abhängig.

Viele glauben, in den täglichen Medienberichten über eine Welt voller Gewalt und Grausamkeiten, in der Kriege, Leid und Not immer bedrohlichere Ausmaße anzunehmen scheinen, einen Beleg dafür zu erkennen, dass es einen Gott nicht geben kann, zumindest keinen gütigen und gerechten Gott. Vielleicht ersetzen ihn viele auch daher durch andere Götzen und richten ihr Leben ausschließlich darauf aus, ihre materiellen Bedürfnisse, nicht selten auf Kosten oder zu Lasten Dritter, zu befriedigen und ihr irdisches Dasein in vollen Zügen zu genießen. Wer jederzeit online rund um die Uhr mit der ganzen Welt kommunizieren kann und darauf setzt, stets vermeintlich guten Rat und Unterstützung bei zahlreichen, meist virtuellen, Freunden zu finden, hat offenbar zunehmend weniger Bedarf für ein altmodisches göttliches Wesen, mit dem man zwar in einer Art Monolog kommunizieren kann, aber keine unmittelbare Antwort darauf erhält.

Im vorliegenden Buch wird das von eigenen Lebenserfahrungen geprägte Weltbild des Protagonisten Christian Stein, der glaubt, für sich die richtigen Antworten auf die eingangs erwähnten Fragen gefunden zu haben, durch die Begegnung mit einem geheimnisvollen Unbekannten wieder ins Wanken gebracht. Eine abenteuerliche und mysteriöse Geschichte zugleich, mit einer Thematik, die uns alle gleichermaßen betrifft. Ein Buch, das Ihnen auf eine Reihe spiritueller Fragen in unterhaltsamer Form plausibel erscheinende Antworten vermitteln möchte.

Ich freue mich sehr, dass Sie sich dafür interessieren und wünsche Ihnen eine spannende Lektüre.

Kapitel 1: Die Brücke

Noch immer lag die schwüle Hitze des Spätsommertages wie eine unsichtbare Glocke über der Häusersiedlung, als Christian Stein spät abends vor die Haustür trat und sie hinter sich zuzog. Der Nachthimmel über ihm war förmlich mit Sternen übersät, die wie Diamanten auf blau-schwarzem Samt zu funkeln schienen. Der Mond, der sich noch halb hinter den Gipfeln des kleinen Ortes inmitten einer hügeligen Berglandschaft versteckte, tauchte die Umgebung in ein fahles Licht und erzeugte von Häusern, Sträuchern und Bäumen diffuse Schattenbilder. Nur für einen kurzen Moment gelang es ihm, dieses beeindruckende Bild zu genießen, bis ihn laute Partymusik und ein undefinierbares Stimmengewirr, das vom Nachbargrundstück zu ihm herüberdrang, an Werners Geburtstag erinnerten. Werner feierte ihn wie immer bei schönem Wetter draußen im Garten. Natürlich hatten sie auch ihn dazu eingeladen, denn Sie hatten schon lange eine gute nachbarschaftliche Beziehung und halfen sich gegenseitig, wenn wieder mal eine

Hecke zu schneiden war oder wenn es etwas zu reparieren galt. Trotzdem war ihm nicht nach Feiern zumute gewesen. Er hatte daher eine Magenverstimmung als Entschuldigung vorgeschoben, aber zugesagt, dass er vielleicht doch noch vorbeikommen würde, wenn es ihm wieder besser ginge. Aber er verspürte weder Lust, ihnen eine nicht vorhandene Fröhlichkeit vorzugaukeln, noch wollte er jemand mit der undefinierbaren Traurigkeit tief in ihm, die ihn schon lange nicht mehr losließ, die gute Laune verderben. So versuchte er, sich klammheimlich, fast wie ein Dieb, von seinem Grundstück in die kleine Seitenstraße zu schleichen und war froh, als er unbemerkt um die Ecke biegen konnte. Sein Weg führte ihn die Straße hinunter zur Poststelle, wo er den Brief an Daniela in einen der beiden Briefkästen einwerfen wollte. Obwohl er wusste, dass die Kästen morgen erst um die Mittagszeit geleert werden würden, wollte er ihn unbedingt noch heute loswerden. Der Brief an seine Tochter war ihm wichtig und sollte auf jeden Fall schnellstmöglich seine Empfängerin erreichen. Doch als er vor dem Briefkasten stand, zögerte er für ein paar Sekunden und steckte ihn schließlich wieder in seine Hosentasche. Warum, das wusste er selbst nicht. Gedankenverloren ging er ohne auf den Weg zu achten einfach weiter, an der stillgelegten Bahnstrecke entlang bis zu der alten Eisenbahnbrücke, die das enge Tal überspannte. Erst jetzt nahm er seine Umgebung wieder bewusst wahr. Ob es der merkwürdige Traum letzte Nacht war, der ihn hierher geführt hatte? Die alte Fachwerkbrücke war ihm im Laufe seines Lebens zu einem lieb gewordenen Ort der Erinnerungen geworden. Schon in Kindertagen hatte sie ihnen als Abenteuerspielplatz gedient, wenn sie verbotenerweise vom Brückenfundament aus den stählernen Brückenbogen, der die darüber führenden Bahngleise trug und wie ein großes Rundtor das enge Tal überspannte, waghalsig nach oben kletterten, mal als edle und mutige Indianer, mal als verwegene Cowboys oder als tapfere Ritter. Mit stolz geschwellter Brust saßen sie dann auf dem Bogen über dem Tal, durch das sich die Bürde, in diesem Bereich noch ein kleiner Bach, unter ihnen ihren Weg suchte und die sie im Sommer gerne mit Kieselsteinen aus dem Bachbett an einer etwas breiteren Stelle aufgestaut hatten, um dann nach Herzenslust in ihrem selbst gebauten Badesee zu plantschen. Wenn ein Zug dicht über ihren Köpfen über die Fachwerkbrücke donnerte und die ganze Brückenkonstruktion erzittern ließ, rutschte ihnen zwar für einen Augenblick das Herz schlagartig in die Hose. Sie umklammerten dann die Stahlträger noch ein wenig fester, um sich hinterher umso mehr über ihren Mut und ihre Tapferkeit zu freuen. Die Eltern durften davon natürlich nichts erfahren, denn das hätte für sie alle seinerzeit unweigerlich eine gehörige Tracht Prügel und obendrein eine Ausgangssperre zur Folge gehabt. Dennoch eine wunderschöne und unbeschwerte Zeit damals, die ihm im Rückblick nach über fünfzig Jahren wie ein kostbarer Schatz erschien.

Ein paar Jahre später, als er seine spätere Frau Helga kennengelernt hatte, war er auch mit ihr manchmal in den Brückenbogen geklettert, aber nur noch ein kleines Stück bis zur ersten senkrechten Stahlstütze, weil sie Angst hatte, weiter hinaufzusteigen. Dort saßen sie dann eng umschlungen, küssten sich und genossen den Ausblick über das Tal.

Ein letztes Mal, vor etwa acht Jahren, war er mit seinem Sohn Tobias hier oben gewesen. Hier hatten sie gemeinsam den Plan geschmiedet, nach Tobias Studienabschluss das komplette Tal von der Quelle bis zur Mündung der Bürde zu durchwandern. Nur ein kleines Zelt und zwei Schlafsäcke wollten sie mitnehmen, um dann irgendwo im Talgrund zu übernachten. „Es wird wohl für dich und mich das letzte gemeinsame Abenteuer gewesen sein, bevor du dich ins Berufsleben stürzen wirst", hatte er zu Tobias gesagt.

„Ja, Papa, das fürchte ich auch", hatte der ihm erwidert. „Umso mehr freue ich mich schon darauf."

Doch dann war alles anders gekommen. Kurz nachdem sie seine Diplomierung mit einem großen Fest gefeiert hatten, hatte sich Tobias wegen ständiger Schmerzen im Unterleib untersuchen lassen. Hodenkrebs lautete irgendwann die schreckliche Diagnose der Ärzte, die ihr ganzes Leben verändern sollte. Nur knapp drei Jahre später sollten sich alle Hoffnungen auf Heilung endgültig als aussichtslos erweisen. Er versuchte die schmerzhaften Erinnerungen daran zu verdrängen und kletterte ein Stück den Hang hinunter bis zum Fuß der Brücke, dorthin, wo sie früher in den Brückenbogen eingestiegen waren. Der Fundamentbereich war zwar aus Sicherheitsgründen mit einem Zaun abgesperrt, aber irgendwo entdeckte er eine kleine Lücke im Zaun, durch die er sich hindurchzwängte. Er wusste selbst nicht warum. *Ob ich es noch einmal hinauf schaffe, wenigstens ein kleines Stück,* kam ihm spontan in den Sinn. *Unsinn, du bist schon zu alt für ein derartiges Abenteuer und würdest dir vermutlich das Genick dabei brechen,* versuchte er sich selbst davon abzuhalten. Und trotzdem schien ihn der Brückenbogen wie magisch anzuziehen. *Nur bis zum ersten Pfeiler wie damals mit Helga, das wirst du ja wohl noch hinbekommen, du alter Mann*, versuchte er sich selbst etwas Mut einzureden. Er war zwar schon fünfundsechzig, aber noch immer relativ sportlich und trotzdem überrascht, wie schnell es ihm tatsächlich gelang. Eine Weile hielt er sich am ersten Pfeiler fest und schaute hinunter, aber die Sträucher um das Brückenfundament waren im Laufe der Jahre so hoch gewachsen, dass man von dort nicht mehr

14

viel sehen konnte. Sein Blick ging nach oben. Ob er vielleicht doch noch ein kleines Stück höher käme, wenigstens bis zum zweiten Stützpfeiler? Aber dafür musste er zuerst um den ersten Pfeiler klettern. Ein nicht ungefährliches Unterfangen, das er dennoch wagen wollte. Bloß nicht nach unten schauen, das war ihm von früher noch in Erinnerung. Und auch das gelang ihm weitaus besser als erwartet. Er setzte sich auf den breiten Stahlbogen und hielt sich mit der rechten Hand daran fest, während er mit dem linken Arm den zweiten Pfeiler umklammerte. So konnte eigentlich nichts passieren und von hier aus konnte er weit hinunter ins Tal und auf die Berge blicken. Ein herrlicher Anblick, der in ihm viele Erinnerungen wach werden ließ. Gänsehautgefühle, die er genießen wollte, wenigstens für ein paar Minuten. Der Traum kam ihm plötzlich wieder in den Sinn. Auch im Traum hatte er mit Tobias hier im Brückenbogen gesessen, als dieser plötzlich mit einem Satz nach unten sprang und versuchte, ihn ebenfalls zum Herunterspringen zu bewegen. Tobias trug einen Rucksack auf der Schulter und hielt ihm einen zweiten Rucksack entgegen. Doch er traute sich einfach nicht zu springen. Immer wieder winkte ihm Tobias zu, doch er war wie gelähmt. Ein letztes Mal hatte Tobias dann noch zu ihm nach oben geschaut und war dann alleine den Weg hinab ins Tal gegangen, während er Tobias nachrief, er solle auf ihn warten und ihn nicht alleine zurücklassen. Doch Tobias ging immer weiter, drehte sich noch einmal um und winkte ihm ein letztes Mal. Doch diesmal war es kein Zuwinken, sondern ein Winken zum Abschied. Kurz darauf war Tobias aus seinen Augen verschwunden, für immer. Ein schöner und schrecklicher Traum zugleich. Ein Schauer lief ihm über den Rücken. Er spürte, wie ihm die Tränen in die Augen stiegen, doch er wollte diesem Schmerz nicht nachgeben. Wie mechanisch zog er den Brief an Daniela aus seiner Hosentasche. Ohne ihn noch einmal zu öffnen zerriss er ihn und ließ ihn in lauter kleinen Schnipseln ins Tal hinuntersegeln. Er hatte seiner Tochter darin bittere Vorwürfe gemacht, dass sie sich kaum noch bei ihm meldete und ihn zu Hause auch nicht mehr besuchte. Sein Verhältnis zu Daniela war ohnehin nie so gut gewesen wie zu Tobias, mit dem ihn viele gemeinsame Interessen verbanden und mit dem er sich stundenlang über alle möglichen Themen unterhalten konnte. Daniela fühlte sich schon von Kind an viel mehr zu ihrer Mutter hingezogen als zu ihm. Er hatte Daniela im Brief geschrieben, dass das Haus für ihn alleine viel zu groß wäre und dass er es daher verkaufen und in die Stadt ziehen wolle, wo er sich eine kleine Eigentumswohnung kaufen würde. Das hatte er tatsächlich vor, aber er wollte es ihr doch lieber persönlich sagen, zumindest am Telefon. Plötzlich bemerkte er, dass sich dunkle Wolken langsam vor den Mond schoben und ihm die Sicht zu nehmen begannen. *Du musst wieder hinunter, so schnell es geht,* dachte er und spürte, wie seine Knie schlagartig zu zittern begannen. Zudem fühlte sich sein linker Arm fast wie taub an, weil er sich beim Festhalten wohl zu sehr verkrampft hatte. Nur mühsam gelang es ihm, sich am Pfeiler aufzurichten. Doch das Stück bis zum ersten Pfeiler wieder nach unten zurückzuklettern erwies sich als wesentlich schwieriger als hinaufzuklettern, zumal er jetzt kaum noch etwas sehen konnte. Irgendwie gelang es ihm trotzdem. Er spürte, wie sein Puls raste und ihm der kalte Schweiß aus allen Poren zu rinnen begann. Panische Angst erfasste ihn bei dem Gedanken, dass er sich jetzt wieder um den ersten Pfeiler herumhangeln und dabei auf einen sicheren Stand auf dem Träger verzichten musste. Eine Weile stand er wie gelähmt da. *Es hilft nichts, du musst es jetzt einfach wagen,* trieb er sich in Gedanken selbst an und verfluchte sich für seinen großen Leichtsinn. Als er versuchte, mit dem rechten Fuß sicheren Halt hinter dem Pfeiler zu finden, rutschte er ab, wobei sich auch seine rechte Hand vom Pfeiler löste. Verzweifelt nach Halt suchend spürte er noch, wie jemand mit festem Griff seinen rechten Arm umklammerte und ihn am Pfeiler vorbei zu sich nach unten zog. Dann wurde ihm plötzlich schwarz vor Augen.

Kapitel 2: Bodo

Als Christian wieder zu sich kam, lag er unweit der Brücke auf einer Wiese neben einem kleinen Zelt. Verletzungen hatte er offenbar keine davongetragen, nur die rechte Schulter schmerzte ihn etwas.

„Da bist du ja wieder", vernahm er eine Stimme aus dem Innern des Zeltes, als er sich noch immer etwas benommen aufzurichten versuchte. Die Zeltplane wurde zurückgeschlagen und ein relativ junger Mann mit halblangen Haaren streckte seinen Kopf aus dem Zeltinneren. „Noch einen Moment bitte, der Tee ist gleich fertig", sagte er und zog den Kopf gleich wieder zurück. Kurz darauf kletterte mit einem dampfenden Becher Tee in der Hand aus dem Zelt und reichte ihn Christian. „Hallo, ich bin Bodo", sagte er und streckte ihm die rechte Hand entgegen.

Irgendwie schien es Christian, als würde er den Fremden kennen, doch er wusste nicht, woher. „Und wie noch?", fragte er und schüttelte Bodo die Hand dabei.

„Was meinst du mit wie noch?", erwiderte der.
„Na dein Nachname, oder hast du keinen?"

Einen kurzen Moment stutzte sein Gegenüber. dann zog sich ein Lächeln über sein Gesicht, ein sehr warmes und freundliches Lächeln, wie es Christian schien.

„Doch natürlich, entschuldige bitte. Stein, Bodo Stein ist mein Name."

„Wie bitte, sagtest du Stein?"

Bodo nickte. „Und du?"

„Christian."

„Und weiter, oder hast du keinen Nachnamen?", versuchte ihn Bodo nachzuäffen, worüber beide lauthals lachen mussten.

Christian empfand spontan eine große Sympathie für seine neue Bekanntschaft. „Du wirst es nicht glauben, Bodo, aber ich bin auch ein echter Stein, ich meine vom Nachnamen her. Dann sind wir also Namensvettern, was für ein Zufall. Aber was ist denn eigentlich passiert mit mir?"

„Na ja, wie du siehst, zelte ich hier neben der Brücke. Irgendwann zu später Stunde habe ich merkwürdige Geräusche gehört und dann gesehen, wie ein Mann, also du, in den Brückenbogen geklettert ist. Ich habe das Ganze von unten eine Weile stumm beobachtet, weil ich dich nicht erschrecken wollte. Dann habe ich bemerkt, dass du Probleme hattest, wieder nach unten zu klettern und bin dir entgegengestiegen, gerade noch zur rechten Zeit, um einen Absturz zu verhindern."

„Dann war das also deine Hand, die ich dort oben im letzten Moment ergriffen habe", erwiderte Christian und deutete mit dem Kopf Richtung Brücke, was Bodo mit einem stummen Nicken bestätigte. „Dann habe ich dir also mein Leben zu verdanken. Bist du Lebensretter oder Schutzengel von Beruf?"

Einen kurzen Moment zögerte Bodo mit seiner Antwort. „Ja und nein, oder besser gesagt, allenfalls so etwas ähnliches, denn ich bin als Kaplan in einer größeren Kirchengemeinde tätig und ..."

„Dort versuchst du, möglichst viele deiner Schäflein vor dem Abgrund zu retten, das meinst du doch damit, oder?", führte Christian den Satz für ihn zu Ende.

Bodo lachte. „Na ja, so könnte man es ausdrücken. Aber jetzt hole ich uns beiden erst mal etwas zu essen aus dem Zelt. Magst du auch ein Käsebrötchen?"

„Käsebrötchen ... hast du kein Wurstbrötchen dabei, Bodo?"

„Nein, ich esse weder Fleisch noch Wurst."

„Auch das noch, ein Vegetarier", stöhnte Christian mit gespielter Enttäuschung. „Na dann bitte ein Käsebrötchen."

Nach dem Essen saßen die beiden noch eine Weile vor dem Zelt. Bodo hatte ein kleines Feuer gemacht, in dem sie frisch gepflückte Äpfel direkt von einem Obstbaum auf der Wiese brieten.

„Das war wirklich ein hervorragender Nachtisch, Bodo und erinnert mich an meine Abenteuer aus Kindertagen", sagte Christian. „Aber verrate mir jetzt bitte mal, was du eigentlich in dieser Gegend hier machst. Du stammst doch nicht von hier, oder?"

Bodo schüttelte den Kopf. „Nein. Mich hat eine geplante Wandertour hierher verschlagen und hier neben der Brücke habe ich mir ein ruhiges Plätzchen zum Zelten für die Nacht gesucht, bevor es morgen früh losgeht."

„Das war wohl mein Glück, Bodo. Wohin soll dich denn deine Wanderung führen?"

„Immer von der Quelle bis zur Mündung, Christian?" Bodo lächelte vielsagend dabei. „Wie soll ich es dir bloß erklären ... na ja, ich sammle Flüsse, so könnte man es vielleicht ausdrücken."

„Wie bitte, hast du gerade gesagt, du sammelst Flüsse? Sprich bitte nicht in Rätseln mit mir, junger Mann."

„Weißt du, immer wenn ich ein paar Tage Zeit habe, suche ich mir irgendwo auf der Karte einen Bach oder einen Fluss aus und wandere an ihm entlang von der Quelle bis zur Mündung. Es ist wie eine Art Klausur für mich, in der ich neue Kraft für meine Aufgabe als Seelsorger tanken kann. Und diesmal steht die Bürde dort unten im Tal auf meiner Liste, die laut meiner Wanderkarte nur knapp einen Kilometer hinter der Brücke hier entspringt. Ich will morgen in aller Frühe von hier aufbrechen und zuerst zur Quelle hinunterlaufen. Von dort aus geht es dann richtig los. Ich habe dafür zirka drei bis vier Tage einkalkuliert."

„Klasse Bodo, genau das hatten wir auch vor." Christian verstummte für einen kurzen Augenblick, dann fuhr er fort: „Es dürften insgesamt etwa neunzig Kilometer sein, und die müsste man eigentlich in drei Tagen bewältigen können, wenn man halbwegs gut zu Fuß ist."

„Du wolltest diesen Weg auch machen, das ist ja interessant Christian, aber wen meinst du mit wir?"

Christian sah Bodo an und senkte schnell wieder den Kopf als er spürte, wie sich eine Träne den Weg in sein rechtes Auge zu suchen begann „Mein Sohn und ich wollten diesen Weg gemeinsam gehen, aber es ist nicht mehr dazu gekommen." Er schwieg eine Weile und starrte krampfhaft auf den Boden, froh darüber, dass Bodo nicht weiter nachfragte. Dann fuhr er von selbst fort. „Mein Sohn ist an Krebs gestorben ..." Wieder schwieg er ein paar Sekunden. „Ich wäre diesen Weg doch so gerne noch mit ihm gegangen."

Bodo nickte. „Das tut mir sehr leid, Christian, das muss sehr hart für dich gewesen sein. Aber wie wäre es denn, wenn du diesen Weg doch noch gehen würdest, mit mir meine ich. Ich würde mich sehr darüber freuen."

Christian schüttelte den Kopf. „Nein, das geht nicht, ich muss auch wieder nach Hause zurück, jetzt gleich."

„Und warum? Wirst du dort erwartet?"

Wieder schwieg Christian eine Weile. „Nein Bodo, auf mich wartet niemand mehr."

„Na also, dann hindert dich doch niemand daran, mit mir zu gehen."

„Nein Bodo, ich kann das nicht, und außerdem, ich bin ja überhaupt nicht auf so etwas vorbereitet."

„Kein Problem, Christian. Wie ich sehe hast du etwa meine Größe und mein Gewicht. Ich schleppe immer zwei komplette Ersatzgarnituren an Hosen, Hemden und Unterwäsche in meinem Rucksack mit, obwohl ich bei meinen Kurztrips meistens nur eine brauche. Und in meinem Zelt ist genug Platz zum Schlafen für zwei. Eine große Wolldecke habe ich auch noch dabei, die reicht bei dem warmen Wetter. Zur Not könnte man ja auch mal ein Kleidungsstück im Fluss waschen, der uns praktisch als Waschmaschine den ganzen Weg entlang zur Verfügung stünde."

Christian musste schmunzeln. „Das ist zwar richtig, Bodo, aber das wäre doch völlig verrückt, ich meine in meinem Alter, dazu noch völlig ungeplant."

„Wie ich sehe bist du doch topfit, wenn du noch in Brücken herumklettern kannst. Also gib deinem Herzen einfach einen Stoß und komm mit. Nimm diese Herausforderung jetzt einfach an, oder willst du als alter Methusalem hier versauern? Außerdem, falls du unterwegs schlapp machen solltest, setze ich dich persönlich in den nächsten Bus und lasse dich nach Hause zurückfahren. Versprochen!"

„Ich und schlapp machen, mein lieber Junge, das glaubst du doch selber nicht. Wenn ich im Eilmarsch an dir vorbeirauschen werde, wirst du dir eine Erkältung vom Luftzug einfangen." Plötzlich wurde Christian bewusst, dass er mit Bodo genau so unbeschwert herumalbern konnte wie früher mit Tobias."

„Topp, die Wette gilt", erwiderte Bodo und streckte ihm die rechte Hand entgegen. „Schlag ein, morgen früh um sechs Uhr geht es los. Und jetzt ab mit dir ins Zelt, alter Mann."

Merkwürdig, dachte Christian, *genau so hat mich Tobias auch immer genannt, wenn er mich aufziehen wollte.* „Mal sehen. Die Nacht im Zelt mit dir Jungspund gönne ich mir jedenfalls. Morgen früh sehen wir dann weiter."

„Falsch Christian. Morgen früh ziehen wir dann weiter, so muss es heißen."

„Abwarten, aber erst mal gute Nacht, Bodo."

„Gute Nacht, Christian. Ich freue mich schon sehr auf morgen."

Christian erwiderte nichts mehr darauf und kletterte hinter Bodo ins Zelt. Er fühlte sich auf einen Schlag wieder so gut gelaunt und unternehmenslustig wie zu seinen besten Zeiten. *Wer weiß, vielleicht ist es ja eine gute Gelegenheit, um endlich wieder etwas aus dem Tal der Tränen herauszukommen. Lass sie dir nicht entgehen, denn auch Tobias würde das sicherlich gefallen,* dachte er sich, bevor ihn die Müdigkeit zu übermannen begann.

Kapitel 3: Einstieg

In aller Frühe wurde Christian von Bodo geweckt. „Wach auf, mein Freund, es ist höchste Zeit. Wir müssen jetzt ins Tal einsteigen und zur Quelle zurückgehen. Ich möchte spätestens in zwei Stunden von dort losmarschieren, sonst schaffen wir es nicht wie geplant in drei Tagen."

Christian schlug noch etwas benommen die Augen auf und versuchte vergeblich, sich in dem engen Zelt auszustrecken. Es war ihm, als könne er jeden einzelnen seiner Knochen spüren. Vor ein paar Jahren, als er manchmal mit Tobias mehrtägige Wanderungen durch die Alpen gemacht hatte, war davon noch nichts zu spüren. *Daran merkt man, wie alt man doch tatsächlich ist*, fuhr es ihm durch den Kopf. Er hatte aber auch eine unruhige Nacht hinter sich und war hin und wieder von ungewohnten Geräuschen aus dem Schlaf gerissen worden. „Wie spät es denn, Bodo?"

„Kurz nach fünf."

„Was denn, noch so früh? Um diese Zeit kann man doch keinen alten Mann aus dem Bett jagen", brummte er noch völlig verschlafen.

Bodo grinste ihn an und erwiderte: „Tu ich ja auch nicht, denn erstens sehe ich keinen alten Mann hier und zweitens auch kein Bett."

Ihm gefiel die Schlagfertigkeit, die sein neuer Bekannter an den Tag legte. *Genau wie Tobias*, dachte er sich. Erst jetzt fiel ihm auf, dass Bodo auch vom Gesicht und der Figur her eine gewisse Ähnlichkeit mit seinem Sohn hatte. Er trug lediglich seine blond gelockten Haare etwas länger als Tobias damals. Das war es also, weshalb ihm Bodo auch gleich so bekannt vorkam und was ihn so sympathisch machte. Trotzdem kamen ihm plötzlich wieder Zweifel, ob er mit einem Fremden drei Tage lang durch ein ziemlich abgeschiedenes Tal wandern sollte. Doch entgegen seiner sonstigen Gewohnheiten konnte er Bodo spontanes Vertrauen schenken. „Weißt du Bodo, wir kennen uns erst ein paar Stunden. Ich habe einfach Bedenken, ob das ..." Er zögerte einen kurzen Moment und fuhr dann fort: „ ... ich meine, ob das auch gut geht mit uns beiden, immerhin drei Tage am Stück. Ich bin auch nicht so ganz pflegeleicht, musst du wissen, und auch du wirst vermutlich deine Macken haben. Ich glaube, wir sollten das Ganze doch wieder vergessen."

„Du willst doch jetzt nicht kneifen, Christian?", erwiderte Bodo.

Er nickte, um gleich darauf zu beschwichtigen: „Nein nein, nicht kneifen, bloß die Vernunft walten lassen. Ich bin schließlich deutlich älter als du und im Wandern völlig außer Übung. Ich würde dir nur den Spaß verderben, wenn ich dir hinterherhinken und etwas vorjammern würde."

„Das geht nicht Christian."

„Was geht nicht?"

„Na hinterherhinken und vorjammern, denn wenn du hinterherhinkst kannst du auch nur hinterherjammern." Sie mussten beide über diese alberne Bemerkung lachen. „Nein, im Ernst, ich wäre wirklich sehr traurig darüber, wenn du nicht mitkommen würdest, weil ..." Er stoppte und schaute Christian kurz an. Eine Spur von Traurigkeit war in seinem Blick zu erkennen. Dann fuhr er fort:„Ich bin praktisch ohne Vater aufgewachsen. Meine Eltern haben sich schon früh getrennt, als ich etwa drei Jahre alt war. Mein Vater war beruflich viel unterwegs und hat bei einem seiner Auslandseinsätze eine andere Frau kennengelernt. Seitdem habe ich ihn nur noch ab und zu mal zu sehen bekommen. Irgendwann ist dann die Verbindung zu ihm völlig abgebrochen. Ich habe mir als Kind immer gewünscht, wie andere Jungs mit ihren Vätern etwas gemeinsam zu unternehmen. Aber da war niemand und so bin ich im Laufe der Jahre fast so etwas wie ein Einzelgänger geworden."

Bodos berührende Geschichte verfehlte ihre Wirkung nicht. „Wie alt bist du eigentlich, mein Junge?", fragte Christian und wunderte sich selbst über seine väterliche Reaktion.

„Jahrgang 1981, Ende November werde ich vierunddreißig."

Christian verschlug es fast die Sprache. Bodo war nicht nur im gleichen Jahr, sondern auch im gleichen Monat wie Tobias geboren. Nach dem Tagesdatum wagte er ihn erst gar nicht mehr zu fragen. Schließlich gab er sich einen Ruck und sagte: „Also gut, ich mache dir einen Vorschlag. Wir beide machen heute zusammen eine Etappe bis nach Bürdenbach, das dürften etwa fünfundzwanzig Kilometer sein. Die schaffe ich ganz bestimmt. Und falls ich doch Probleme bekommen sollte, dann klinke ich mich unterwegs einfach wieder aus und fahre mit dem nächsten Bus nach Hause zurück."

Bodos Augen strahlten förmlich vor Begeisterung. „Das ist doch ein Wort. Schlag ein, bevor du es dir noch einmal anders überlegst. Und jetzt lass uns endlich zur Quelle hinuntergehen."

„Warum willst du denn bloß dorthin zurück latschen. Das Stück Weg können wir uns doch eigentlich sparen. Ich schlage vor, wir steigen von hier hinunter ins Tal und laufen dann gleich weiter flussabwärts."

Bodo schüttelte den Kopf.

„Und was spricht aus deiner Sicht dagegen?"

„Ganz einfach, ich laufe auf meinen Wanderungen immer die komplette Strecke von der Quelle bis zur Mündung, denn an der Quelle wird ein Fluss schließlich geboren und an seiner Mündung ..."

„Stirbt er, wolltest du wohl sagen", unterbrach ihn Christian.

Wieder schüttelte Bodo den Kopf. „Nein, er stirbt nicht, es gibt keinen Tod für ihn, Christian, er geht lediglich in eine andere Form oder eine andere Existenz über. Im Grunde genommen wird er auch an der Quelle nicht erst geboren, sondern auch dort erfolgt nur eine Umwandlung des Grundwassers, das an dieser Stelle zutage tritt. Dennoch, so finde ich jedenfalls, kann man das Entspringen an der Quelle wie die Geburt eines Säuglings vergleichen, der den Mutterleib verlässt."

„Das hast du aber sehr schön gesagt, Bodo. Ich frage mich bloß, ob das nur für Flüsse gilt, ich meine, das mit dem Tod."

„Gute Frage, aber lass uns jetzt keine Zeit mehr verlieren und zur Quelle gehen. Wir werden in den nächsten drei Tagen noch genügend Gelegenheit haben, uns über Gott und die Welt zu unterhalten. Darauf freue ich mich schon sehr. Ich mache uns dort unten aber zuerst noch ein leckeres Frühstück und dann kann uns nichts mehr aufhalten."

Erstaunlich, welch große Weisheit dieser junge Mann auszustrahlen vermag, stellte Christian mit einer gewissen Bewunderung fest. „Okay, du bist der Boss, Bodo, dann lass uns mal den Einstieg wagen, großer Meister", erwiderte er.

Kapitel 4: Die Quelle

Das Quellwasser drang an einem Hang am Ende des Tals kaum sichtbar aus dem Boden einer kleinen, mit Wasser gefüllten Vertiefung und suchte sich als schmales Rinnsal seinen Weg weiter nach unten. Die beiden Wanderer legten den großen Rucksack, den sie abwechselnd trugen, neben der Quelle ab und schlürften aus den Händen etwas Wasser gegen den Durst.

„Schmeckt vorzüglich", sagte Bodo und wischte sich mit dem Handrücken den Mund ab. „Ich werde die große Trinkflasche damit auffüllen. Verdursten werden wir jedenfalls nicht."

„Das klingt sehr beruhigend", erwiderte Christian, „aber ich fürchte, wenn ich nicht bald etwas zu futtern bekomme, wird zumindest einer von uns einen schrecklichen Hungertod sterben."

„Keine Sorge, ich habe noch ein großes Stück Brot, Käse und ein paar hart gekochte Eier dabei. Und dazu gibt es frischen Tee aus feinstem Quellwasser. Ich stelle gleich mal etwas Wasser auf den Kocher. Ach ja, fast hätte ich es vergessen, zum Nachtisch gibt es für jeden auch noch ein Fertigmüsli."

„Na wunderbar, das reicht wohl fürs Erste zum Überleben, aber offen gestanden, bei diesem üppigen Mahl nicht allzu lange, fürchte ich."

Bodo grinste ihn an. „Wir sind ja hier nicht auf einer Schlemmertour sondern auf einer Wanderung. Aber du hast recht. Wir werden wohl auf unserem Weg noch einen Zwischenstopp in einem Lebensmittelgeschäft einlegen müssen, spätestens in Bürdenbach. Meinst du, dass du so lange durchhalten kannst, Christian?"

„Wer weiß denn schon, wo und wann sein letztes Stündlein geschlagen hat", seufzte der mit gespielter Trauermine, „But, i´ll do my very best, my Friend."

„Thank you, James!", näselte Bodo und deutete dabei einen Diener an. „Na ja, falls wir hier kläglich versagen sollten, können wir uns wenigstens als Komiker beim Film oder beim Fernsehen bewerben."

„Ich fürchte, mein Freund, auch das würden wir nicht lange überleben", erwiderte Christian mit todernster Miene, um dann fast im Chor mit Bodo in schallendes Gelächter auszubrechen.

Nachdem sie gegessen und den Rucksack wieder verstaut hatten sagte Christian: „So, von mir aus kann es jetzt losgehen" und nickte Bodo dabei aufmunternd zu.

„Warte bitte noch einen Moment", erwiderte dieser und griff in eine kleine Außentasche seines Rucksacks. „Hier, such dir einen aus", sagte er und hielt Christian die geöffnete rechte Hand entgegen, in der zwei Weinkorken lagen.

„Und was soll ich damit?"

„Na was denn wohl, du sollst dir einen Korken nehmen und den dann zu Wasser lassen."

„Sag mal, ist dir vielleicht das Frühstück nicht richtig bekommen, Bodo? Ich meine, ich bin ja für jeden Scherz zu haben, aber findest du das nicht ein bisschen albern?"

„Keineswegs, aber ich glaube, ich muss dir zuerst mal erklären, was es damit auf sich hat."

„Allerdings, junger Mann, na dann leg mal los."

Bodo räusperte sich. „Es ist, wie soll ich es dir erklären, ja, es ist so etwas wie ein Ritual. Bei jeder meiner Flusswanderungen gebe ich an der Quelle einen Korken auf die Wasserreise, stellvertretend für ein besonderes Problem, das mich am meisten belastet."

„Na und? Das verstehe ich nicht, Bodo."

„Ganz einfach, während der ganzen Strecke halte ich immer wieder mal Ausschau, ob ich den Korken im Wasser nicht vielleicht irgendwo wiederentdecke."

„Aber das funktioniert doch eigentlich nur, wenn der Korken irgendwo hängen bleibt, denn ansonsten müsste er doch wohl im Wasser schneller unterwegs sein als du zu Fuß."

Bodo nickte.

„Und was dann, ich meine, falls du ihn doch wieder einholen solltest?"

„Dann?", Bodo zögerte einen Moment und fuhr fort, „tja, dann gehe ich einfach daran vorbei und freue mich darüber, dass es mir gelungen ist, den Korken und damit auch mein Problem hinter mir zu lassen."

„Und wenn er sich dann doch wieder lösen und dich irgendwo erneut überholen sollte?"

„Ganz einfach, dann beginnt das Spiel noch einmal von vorne, so lange, bis ich am Ziel bin."

Kopfschüttelnd sah ihn Christian an und schlug sich mit der flachen Hand gegen die Stirn. „So einen Blödsinn habe ich ja noch nie gehört. Und ... wie oft gelingt es dir, deine Sorgen auf diese Art und Weise hinter dir zu lassen?"

„Ich führe zwar keine Statistik darüber, aber gefühlsmäßig jedenfalls öfter als nicht", erwiderte Bodo, „denn die Chancen, dass der Korken irgendwo hängen bleibt, sind gerade bei einem relativ schmalen und windungsreichen Gewässer wie hier gar nicht mal so schlecht."

„Und daran glaubst du?"

Bodo lächelte. „Nicht wirklich, Christian, aber es bestärkt mich darin, eine Lösung für mein Problem zu finden. Es hilft mir zumindest für eine Weile, mich von dieser Sorge zu befreien. Außerdem macht es den Weg am Fluss entlang noch ein wenig spannender, als er ohnehin schon für mich ist."

„Das leuchtet mir ein, Bodo. Ein spannendes Experiment ist es allemal. Also los, dann gib mir halt einen von deinen Korken."

„Warte bitte, ich muss sie beide noch markieren, denn sonst können wir sie ja im Wasser kaum auseinanderhalten. Ich schreibe mit einem wasserfesten Marker auf den einen Korken deinen Vornamen und auf den anderen meinen. Also, welchen nimmst du, Christian?"

„Na schön, dann nehme ich den etwas helleren, damit ich ihn im Wasser besser sehen kann."

Nachdem Bodo die Korken markiert hatte sagte er: „So, jetzt musst du für einen Moment intensiv an dein größtes Problem denken, dreimal auf deinen Korken spucken und dann ab damit ins Wasser."

„Okay, ich bin bereit", erwiderte Christian. Beide vollzogen das vorgegebene Ritual, setzten dann ihre Korken ins Wasser und sahen ihnen so lange nach, bis sie in einer der Biegungen unterhalb der Quelle aus ihren Augen verschwunden waren. „Jetzt aber los, Bodo, damit wir die Dinger möglichst schnell wieder einholen", trieb Christian seinen Freund daraufhin zur Eile an.

Bodo prustete mit einem Schlag heftig los und klopfte sich mit wieherndem Lachen auf die Schenkel. „Siehst du, so einfach ist es, jemanden ins Laufen zu bringen." Dann rannte er mit dem Rucksack auf den Schultern mit gespielter Angst einfach davon.

Christian musste selbst darüber lachen, dass er auf diesen Scherz hereingefallen war, spielte aber dennoch den Entrüsteten und rief ihm hinterher. „Na warte, Freundchen, dir werde ich Beine machen." Etwa hundert Meter weiter sah er Bodo laut keuchend und noch immer lachend im Gras liegen. Bodo fiel vor ihm in gespielter Demut auf die Knie und flehte um Gnade. „Na schön, ein letztes Mal sei sie dir gewährt. Doch die nächste Verarschung wird deine letzte gewesen sein. Ist das klar?"

Bodo nickte ergeben. „Ich wollte ja nur mal testen, ob du auch noch richtig laufen kannst. War gar nicht mal so schlecht, deine hundert Meter-Zeit."

„Siehst du wohl, aber tu mir jetzt bitte einen Gefallen und lass es uns etwas geruhsamer angehen."

Kapitel 5: Auf dem Weg

Noch war der Weg durch das Tal am Fluss entlang relativ schmal. Sie mussten diesen Streckenabschnitt daher meistens hintereinandergehen, sodass eine Unterhaltung zwischen ihnen nicht richtig in Gang kam. Christian genoss es umso mehr, seine Blicke ganz ungestört streifen zu lassen und sich der Schönheit der Natur zu widmen. Ein leichter Hauch von Nebel lag auf dem schmalen Weg im Talgrund, offenbar ein erster Vorbote der allmählich herannahenden Herbstzeit. Nur zögernd gelang es der Sonne, ein paar goldgelbe Strahlen durch Bäume und Sträucher hinunter ins Tal zu schicken, die das Tau auf den Gräsern vertrieben und die beiden Wanderer ein bisschen aufzuwärmen begannen. Da die Kühle der Nacht noch immer in seinen Knochen zu stecken schien, spürte er, wie gut ihm dies tat. Bodo, der den Rucksack trug und ihm ein paar Meter vorausging, drehte sich nach ihm um und wartete, bis er ihn eingeholt hatte.

„Na, wie geht es dir?", fragte er.

„Lass mich zuerst mal ein wenig durchatmen", erwiderte Christian und stützte seine Arme dabei auf den Knien ab. „Du legst ein ganz schönes Tempo an den Tag und vergisst dabei, dass ein alter Mann kein D-Zug mehr ist."

Bodo lachte und schüttelte den Kopf. „Nein, kein D-Zug, ich würde eher sagen ein Dampfross, so wie du hinter mir her schnaufst. Aber entschuldige bitte, ich muss gestehen, dass ich für eine ganze Weile in Gedanken versunken war und dabei völlig vergessen habe, dass ich in Begleitung bin. Warum beschwerst du dich nicht einfach, wenn ich zu schnell für dich bin?"

„Das tue ich doch gerade, junger Mann. Nein, nicht wirklich, ich freue mich sogar darüber, dass ich noch so gut mit dir mithalten kann."

Bodo nickte. „Alle Achtung, du bist wirklich noch topfit. Willst du auch etwas trinken?", fuhr er fort, zog die Trinkflasche aus dem Rucksack und reichte sie Christian, der in tiefen Zügen ein paar Schluck Wasser trank und ihm die Flasche wieder zurückgab. Bodo nippte nur kurz daran und verstaute sie gleich wieder im Rucksack.

„In was warst du denn eben so tief versunken?", fragte Christian. Bodo hatte offenbar nicht verstanden, was er damit sagen wollte, und blickte ihn erstaunt an. „Ich meine, welche Gedanken haben dich so angetrieben?", schob er daher nach.

„Ach so, das meinst du. Nun, um ehrlich zu sein haben sich meine Gedanken die ganze Zeit um dich gedreht. Du hattest mir ja gestern Abend schon erzählt, dass dein Sohn gestorben ist. Das war sicher ein schlimmer Schicksalsschlag für dich und deine Frau. Aber mir ist aufgefallen, dass du von ihr überhaupt noch nicht gesprochen hast. Irgendwie habe ich das Gefühl, dass dich noch etwas mehr belastet als der tragische Verlust deines Sohnes. Aber ich möchte nicht indiskret sein und hätte dich daher auch nicht darauf angesprochen, wenn du nicht selbst nachgefragt hättest, was mich bewegt. Möchtest du vielleicht mit mir darüber sprechen?"

Christian schüttelte den Kopf. „Nein, Bodo, nicht jetzt, vielleicht später. Lass uns bitte noch ein kleines Stück weitergehen."

Bodo nickte und zog seine Wanderkarte aus der Tasche. „Laut Plan müssten wir in zirka eineinhalb Stunden einen Rastplatz an einem Fischweiher erreichen, schätze ich. Dann hätten wir etwa die Hälfte unserer heutigen Strecke hinter uns gebracht und könnten uns auch eine etwas längere Rast gönnen. Schaffst du es noch bis dorthin?"

„Sicher doch, Bodo, aber dann lass uns hier mal nicht länger sinnlos herumstehen." Christian hatte schon lange nicht mehr mit jemand über seine Probleme und Sorgen gesprochen, weil er sich im Laufe der Jahre nach all den Schicksalsschlägen immer mehr zurückgezogen und zum Einsiedler entwickelt hatte. Aber irgendwie spürte er, dass es ihm gut tun würde, sein Herz einfach mal richtig auszuschütten. Aber war Bodo, ein fremder junger Mann, hierfür überhaupt der richtige Gesprächspartner? Andererseits war er im Gegensatz zu seinen sonstigen Bekannten wenigstens nicht mit Vorurteilen belastet. War Bodo nicht deshalb sogar genau der Richtige? *Ich kann´s ja einfach mal versuchen,* sagte sich Christian und beeilte sich, seinen Vordermann nicht aus den Augen zu verlieren.

Kapitel 6: Die Beichte

Etwa zwei Stunden später erreichten sie den Rastplatz. Die Bürde war hier zu einem kleinen Angelweiher aufgestaut worden und suchte sich dann über einen Auslauf im Damm ihren Weg weiter talabwärts. Am Ufer stand eine kleine Blockhütte, die von den Mitgliedern eines Angelsportvereins betrieben wurde. Neben der Hütte spendete das riesige Blätterdach eines Eichenbaums kühlen Schatten vor der mittlerweile hoch stehenden Sonne. Ein paar Holztische und Bänke luden zum Verweilen ein. Doch kaum jemand außer ihnen hatte sich hierher verirrt, zu diesem kleinen Paradies, dessen romantische Kulisse sich im Wasser des Teiches widerspiegelte.

„Was möchtest du trinken, Bodo, ich gebe einen aus?", fragte Christian.

„Dann hätte ich gerne eine große Apfelsaftschorle."

„Gute Wahl, die nehme ich auch, und für jeden von uns noch eine Brezel für den Hunger zwischendurch?"

„Gerne, Christian."

„Na, dann suche uns mal ein ruhiges schattiges Plätzchen aus, ich bin gleich wieder da."

„Das dürfte kein Problem sein, bei der Auswahl. Wie wäre es denn mit der Bank hier direkt am Ufer?", erwiderte Bodo.

Nachdem sie gegessen und getrunken hatten, saßen sie noch eine Weile schweigend nebeneinander und blickten gedankenverloren über das Wasser, aus dem von Zeit zu Zeit der Kopf eines Karpfens nach oben schnellte, um nach einem Wasserfloh oder einer Fliege zu schnappen.

„Ein Blick übers Wasser beruhigt einen irgendwie, finde ich", versuchte Christian einen Gesprächseinstieg zu finden.

Bodo nickte stumm, ohne den Kopf nach ihm zu drehen.

„Ich habe nachgedacht über deine Worte", fuhr Christian fort.

„Welche Worte? Was meinst du damit?"

„Nun, über das, was du über die Quelle als Geburtsort und über die Mündung als ..." Er stockte kurz. „Na du weißt schon."

„Ach so." Bodo machte offenbar keinerlei Anstalten, in einen Dialog mit ihm einzusteigen.

Christian fuhr daher fort. „Es stimmt tatsächlich, die Quelle ist nicht der Ursprung eines Flusses, und auch nicht das Grundwasser, für das letztlich Niederschläge die Ursache sind. Und der Regen bildet sich aus verdunstetem Oberflächenwasser, das in die Atmosphäre aufgenommen und nach oben transportiert wird, um von dort wieder abzuregnen. Ein unendlicher Kreislauf also, ohne Anfang und ohne Ende. Aber ich sage dir damit ja wohl nichts Neues."

Bodo schüttelte den Kopf. „Nein, natürlich nicht, aber nur wenige machen sich Gedanken darüber, sondern nehmen diese Unendlichkeit einfach so hin, als wäre es das Natürlichste auf der Welt. Beim Element Wasser stellt das jedenfalls niemand in Frage."

Christian erwiderte: „Was willst du denn damit sagen, Bodo?"

„Ach, weiter nichts, aber ich denke, du wolltest dich doch eigentlich mal aussprechen."

„Ja, du hast recht, das will ich jetzt wirklich tun. Weißt du, ich hatte bis vor einigen Jahren einen guten und sicheren Job, und was noch viel wichtiger ist, eine intakte und glückliche Familie, eine liebe Frau, einen Sohn, eine Tochter und auch einen Hund, den wir alle fast wie ein drittes Kind geliebt haben. Doch eines Tages nahm das Schicksal seinen Lauf, und das fing mit der Krankheit meines Sohnes an, von der ich dir gestern schon erzählt hatte. Wir alle haben jahrelang darunter gelitten, und die ständigen Wechselbäder zwischen Hoffen und Bangen haben uns alle zermürbt. Nach dem Tod von Tobias sind meine Frau und ich in ein tiefes Loch gefallen. Sie hat sich und den Haushalt mehr und mehr vernachlässigt, und ich konnte mich einfach nicht mehr richtig auf meine Arbeit konzentrieren und habe deshalb auch verstärkt Probleme mit meinen Vorgesetzten und Kollegen bekommen. Dann ..."

„Tut mir leid, wenn ich dich unterbreche, aber was hast du beruflich eigentlich gemacht, Christian?", fragte Bodo.

„Ich war als Angestellter in einem größeren Architekturbüro in der Kreisstadt beschäftigt und habe Pläne für Privathäuser und Gewerbeobjekte entworfen. Na ja, das Übliche halt. Irgendwann habe ich es dort einfach nicht mehr länger ertragen und mich dann mit Ende fünfzig selbstständig gemacht. Es war völlig verrückt von mir und alle hatten mich auch davor gewarnt, aber ich war einfach nicht davon abzubringen. Ich habe mir in unserem Haus in der Einliegerwohnung, die früher das Domizil von Tobias war, ein Büro eingerichtet. Ich wollte meine Frau eigentlich in die Büroarbeit mit einbinden und hatte gehofft, sie so auch wieder aus ihrer Lethargie herausreißen zu können. Aber sie hat sich überhaupt nicht motivieren lassen, sodass ich gezwungen war, eine ehemalige Kollegin anzusprechen, die bereit war, mir wenigstens nach Bedarf etwas auszuhelfen, und ...", er zögerte einen kurzen Moment. „Anfangs lief es eigentlich ganz gut, vermutlich auch, weil es mir gelungen war, einige Projekte aus meiner früheren Tätigkeit zu übernehmen, da mich die Kunden bereits kannten und Vertrauen in meine Arbeit hatten. Damit habe ich mir allerdings den Unmut meiner früheren Arbeitgeber zugezogen, die mir daraufhin systematisch das Wasser abzugraben begannen. Kein Problem für ein renommiertes Architekturbüro, das sehr gut mit Politik und Wirtschaft vernetzt ist. Jedenfalls blieben nach und nach weitere Aufträge aus und damit auch das Geld, um unseren Lebensunterhalt wie gewohnt weiter bestreiten zu können. So liefen allmählich immer mehr Rechnungen auf, die ich nicht mehr rechtzeitig oder vollständig begleichen konnte. Allmählich begann auch ich immer mehr den Halt zu verlieren und suchte in einer schwachen Stunde Trost bei meiner Bürogehilfin, als meine Frau für ein paar Tage zu Besuch bei ihrer Schwester war."

„Und weiter, Christian?"

„Tja, was soll ich dir sagen, Bodo, ich habe tatsächlich Trost gefunden und eine Affäre mit ihr begonnen. Das ging auch einige Monate gut, bis es meine Frau schließlich doch mitbekommen hat."

„Und wie?"

Christian lachte verbittert und starrte für einige Sekunden schweigend auf den Boden. Dann hob er den Kopf. Eine tiefe Traurigkeit in seinem Blick war nicht zu übersehen. „Sie hat uns, wie

46

sagt man so schön, in flagranti erwischt, Bodo", erwiderte er.

„Und wo?"

Christian schüttelte sichtlich verzweifelt den Kopf. „Das hätte einfach nicht passieren dürfen. Wo, fragst du? Ich will es dir sagen, es war in unserem Haus, Bodo. Um genau zu sein in unserem Schlafzimmer oder noch genauer in unserem Ehebett. Meine Frau wollte ein paar Erledigungen in der Stadt machen und wäre normalerweise für ein paar Stunden weg gewesen, aber unterwegs ist ihr dann aufgefallen, dass sie ihre Geldbörse zu Hause hatte liegen lassen. Sie kehrte daher um und dann stand sie plötzlich vor uns im Schlafzimmer. Sie hat mich nur angestarrt, ohne ein Wort zu sagen. Eine unendliche Traurigkeit lag in ihren Blicken, aber nicht eine Träne hat sie dabei vergossen."

„Und weiter?"

„Sie hat sich dann wortlos umgedreht und das Schlafzimmer verlassen."

„Und du? Lass dir bitte nicht jedes Wort aus der Nase ziehen, Christian."

„Und ich? Tja, ich habe mich so schnell es ging angezogen und bin ihr nach, um mich bei ihr zu entschuldigen und ihr zu erklären, dass es nichts Ernstes sei, aber sie hatte das Haus schon wieder verlassen und ist mit dem Wagen weggefahren. Ich habe mir dann gleich ein Taxi bestellt, um in der Stadt nach ihr zu suchen."

„Hast du sie dort auch gefunden?"

Christian schüttelte den Kopf. „Ich habe stundenlang alle Geschäfte, Cafés und Restaurants nach ihr abgesucht, aber vergeblich. Ich bin dann wieder nach Hause zurück und habe nacheinander alle unsere Verwandten und Bekannten angerufen und gefragt, ob sie vielleicht dort wäre. Leider vergeblich. Erst dann habe ich es gewagt, meine Tochter Daniela anzurufen, die eine halbe Autostunde von hier in der Hauptstadt eine Ausbildung in einer Bank absolvierte und sich dort ein kleines Appartement gemietet hatte. Erst beim dritten Versuch hatte sie sich am Telefon gemeldet und schrecklich dabei geweint. *Warum hast du Mama das angetan, Papa, sie ist völlig verzweifelt*, hat sie mir damals vorgeworfen.

Ich war wie benommen. Sie wusste es also auch. *Ich weiß, Daniela, dass das ein schrecklicher Fehler war. Es hätte nicht passieren dürfen und es tut mir auch schrecklich leid. Es wird ganz bestimmt nie wieder passieren, denn ich liebe Mama sehr und ...*, gab ich ihr daraufhin sinngemäß zur Antwort. *Sag ihr das bitte selbst,* hat sie nur darauf erwidert und dann hörte ich eine Weile nichts mehr. Sie muss dann wohl meiner Frau den Hörer einfach in die Hand gedrückt haben. Ich wusste wirklich nicht, was ich ihr jetzt sagen sollte. *Helga, bist du am Apparat,* kam mir zunächst nur über die Lippen. Wieder keine Reaktion, doch dann glaubte ich ein unterdrücktes Schluchzen von ihr zu vernehmen. Ich hatte ihr daraufhin erklärt, dass ich mir vorstellen könne, wie schlimm das für sie sein müsse, was ich ihr angetan hätte und dass ich selbst entsetzt über meinen Fehler sei. Ich könne mich dafür nur bei ihr entschuldigen und sie bitten, nach Hause zurückzukommen, um uns dann in Ruhe darüber aussprechen zu können. *Bitte setz dich gleich ins Auto und komm hierher zurück. Ich verspreche dir, es wird alles wieder gut werden,* hatte ich zu ihr gesagt. Wieder hörte ich dann eine Weile nichts, bis sie mir zur Antwort gab: *Ich kann nicht mehr, und ich will auch nicht mehr, Christian.* "

„Und wie hast du darauf reagiert", fragte Bodo.

„Ich habe ihr hoch und heilig versprochen, dass ich die Affäre sofort beenden würde, weil ich unsere Ehe damit auf keinen Fall gefährden und sie nicht verlieren wolle, aber sie hat sich trotzdem geweigert zurückzukommen, anfangs jedenfalls."

„Was heißt das, anfangs?"

„Erst als ich daraufhin ankündigte, ich würde mich dann sofort in ein Taxi setzen und zu ihr fahren, weil ich sonst zu Hause ohne sie durchdrehen würde, hat sie eingelenkt und mir versprochen, dass sie noch am selben Abend zurückkommen würde. Dann hat sie einfach aufgelegt. Ich war überglücklich und habe zuerst mal das Schlafzimmer aufgeräumt. Dann habe ich mich in die Küche gestellt, etwas für uns gekocht und den Tisch im Esszimmer gedeckt. Ich habe damit gerechnet, dass sie sich noch eine Weile mit meiner Tochter unterhalten und erst dann losfahren würde. Es würde bestimmt noch zwei bis drei Stunden dauern, bis sie wieder da wäre, dachte ich. Als sie aber nach dreieinhalb Stunden noch immer nicht da war, habe ich Daniela nochmals angerufen. Meine Tochter hat mir dann erklärt, dass ihre Mutter nach dem Telefonat mit mir plötzlich sehr unruhig geworden sei und etwa eine halbe Stunde später losgefahren wäre. Anfangs habe ich mir noch nichts weiter dabei gedacht, aber dann bin ich von Minute zu Minute immer nervöser geworden, bis ich dann den Gong an der Haustür gehört habe. *Warum läutet sie denn an der Tür, sie hat doch einen Schlüssel,* habe ich mir damals noch gedacht und die Haustür geöffnet. Als ich dann die beiden Polizisten vor der Tür stehen sah, war mir schlagartig bewusst, dass etwas Schlimmes passiert sein musste."

Bodo sah aus den Augenwinkeln, wie Christian ein paar Tränen über die Wangen liefen. Doch er vermied es zunächst, ihn zum Weitersprechen zu bewegen und überließ ihn für ein paar Augenblicke seinen Gefühlen. „Was war passiert oder möchtest du jetzt nicht weiter darüber sprechen?", fragte er schließlich.

„Doch Bodo, ich will. Auch wenn es jetzt wieder schrecklich weh tut, spüre ich doch, dass es gut ist, mich jemandem wie dir zu öffnen." Dann wischte er sich mit dem Handrücken über die Wangen und fuhr fort: „Die Polizisten haben mir mitgeteilt, dass sie in einer unübersichtlichen Kurve wohl wegen zu hoher Geschwindigkeit von der Straße abgekommen und frontal gegen einen Baum gerast wäre. Man habe sie nur noch tot aus dem Wagen bergen können."

„Du hast sie also nicht mehr gesehen oder sprechen können seit diesem verhängnisvollen Telefonat ein paar Stunden vorher?"

Christian schüttelte den Kopf. „Nein, es waren die letzten Worte, die wir am Telefon miteinander wechseln konnten. Ich habe bis heute nicht über-wunden, dass alles so tragisch enden musste, und mich quält bis auf den heutigen Tag die Frage, ob es nur ein Unfall war oder ..."

„Was sollte es denn sonst gewesen sein, was meinst du damit?"

Christian war sichtlich aufgewühlt. Er zuckte mit den Schultern, fuhr sich mit zittrigen Fingern immer wieder durch seine grauen Haare und mur-melte kaum hörbar: „Ich weiß es nicht, ich weiß es wirklich nicht." Doch dann gab er sich einen Ruck und sagte: „Wenn es kein Unfall war und sie ihrem Leben selbst ein Ende setzen wollte, dann hätte ich sie auf dem Gewissen und es daher auch nicht verdient, weiterzuleben."

„Haben denn die Ermittlungen einen entspre-chenden Verdacht ergeben?", fragte Bodo.

„Nein, man ging von einem normalen Unfall aus, möglicherweise ausgelöst von einem entgegenkommenden Fahrzeug, das sie mit seinen Scheinwerfern geblendet haben könnte oder von einem Wildwechsel. Sie muss jedenfalls eine ruckartige Lenkbewegung gemacht haben und ist dadurch ins Schleudern geraten."

„Na also, dann brauchst du dir auch keine Vorwürfe zu machen", versuchte Bodo ihn zu beruhigen.

„Keine Vorwürfe sagst du, natürlich mache ich mir Vorwürfe, schreckliche Vorwürfe sogar, denn der Auslöser für den Tod meiner Frau war letztlich mein Fehlverhalten. Es ist meine Schuld, so oder so."

„Nein Christian, dass du dir Vorwürfe machst, kann ich zwar sehr gut nachvollziehen, aber es macht keinen Sinn, in dieses tragische Ereignis nachträglich etwas hineininterpretieren zu wollen. Das macht deine Frau nicht wieder lebendig und blockiert dich nur dabei, alles zu verarbeiten und wieder nach vorne blicken zu können."

„Nach vorne sagst du, es gibt für mich kein nach vorne mehr."

„Doch Christian, was auch immer im Leben geschieht, es gibt keinen Stillstand, es geht immer weiter. Aber erzähl mir jetzt bitte auch das Ende deiner Geschichte oder ist sie schon zu Ende?"

„Nein, das ist sie nicht. Du kannst dir vorstellen, dass ich immer weiter in ein abgrundtiefes

Loch stürzte und meine Arbeit völlig vernachlässigte. Irgendwann war ich zahlungsunfähig und musste Insolvenz anmelden. Schon bald waren auch die letzten Ersparnisse, die wir in guten Zeiten zurücklegen konnten, aufgebraucht. Solange bekam ich auch keine Unterstützung vom Vater Staat. Erst später gab es dann etwas, zum Leben zu wenig, zum Sterben zuviel." Er lachte kurz auf und fuhr dann fort: „Zum Glück war das Haus bereits abbezahlt, aber ich konnte die Kosten für Strom, Wasser und Heizung, für Versicherungen, Steuern und Gebühren, von notwendigen Reparaturen ganz zu schweigen, einfach nicht mehr aufbringen. Mit zweiundsechzig haben sie mich dann in den vorzeitigen Ruhestand geschickt. Ich bekomme nur eine geringe Rente, weil ich auch nur bis Ende fünfzig Rentenversicherungsbeiträge gezahlt habe. Ich nutze im Haus deshalb nur noch das Bad, die Küche und das Wohnzimmer. Das Schlafzimmer und auch die anderen Räume beheize ich nicht mehr und habe die Fensterläden dort heruntergelassen, bei Tag und Nacht. Ich bewohne seit Jahren ein halbes Geisterhaus, seit einiger Zeit ganz alleine, nachdem ich unseren Hund einschläfern lassen musste, weil er voller Krebs war. Aber ich will jetzt alles verkaufen und mir eine kleine Wohnung suchen. Vielleicht kann ich so auch mit meinem Schicksal besser abschließen, ich hoffe es wenigstens."

Bodo nickte. „Das verstehe ich", sagte er. „Was ist denn eigentlich mit deiner Tochter?"

„Ich habe sie seit der Beerdigung meiner Frau kaum noch gesehen. Sie hat ihre Ausbildung abgeschlossen und dann geheiratet und ein Kind bekommen. Irgendwann ist sie mit ihrem Mann Stefan, der einen guten Job bei einem großen Pharmakonzern hat, in die Schweiz gegangen, weil er beruflich dorthin musste. Ich habe meinen Enkelsohn Oliver zum letzten Mal bei der Taufe zu Gesicht bekommen, danach ist der Kontakt zwischen uns fast völlig abgebrochen. Nur an Weihnachten und an meinem Geburtstag schickt Daniela mir eine Karte mit guten Wünschen, sonst nichts. Sie meldet sich auch telefonisch kaum noch bei mir. Doch selbst anrufen bei ihr würde ich auch nicht."

„Und warum nicht, Christian?"

„Sie hat es mir gegenüber zwar nie ausgesprochen, aber ich spüre es ganz genau, dass sie mich für den Tod ihrer Mutter verantwortlich macht", erwiderte Christian. „So, jetzt kennst du die ganze Geschichte und jetzt mag ich auch nicht mehr weiter darüber reden. Lass uns jetzt bitte weitergehen, denn wir haben noch ein gutes Stück Weg vor uns."

„Ja, Christian, wir haben unser Ziel noch lange nicht erreicht", erwiderte Bodo vieldeutig. „Wir müssen uns tatsächlich beeilen, denn bis Bürdenbach ist es noch ein gutes Stück Weg. Außerdem müssen wir uns dort auch unbedingt noch etwas zu essen besorgen für heute Abend und für morgen."

Kapitel 7: Nach Bürdenbach

Christian stapfte lange Zeit schweigend und völlig in Gedanken versunken hinter Bodo her. Er nahm seine Umgebung kaum wahr und registrierte daher auch nicht, dass sich das anfangs sehr enge und durch Wald führende Tal allmählich zu weiten begann, dass die Bäume mehr und mehr von Sträuchern, Wiesen und Feldern abgelöst wurden und dass die Sonne die Landschaft in warmen Spätsommerfarben erstrahlen ließ. Der Weg neben der Bürde war jetzt breit genug, um bequem nebeneinander gehen zu können. Trotzdem hielt er sich weiter hinter Bodo. Am späten Nachmittag tauchte vor ihnen die zwiebelförmige Spitze des Kirchturms von Bürdenbach auf. Bodo blieb stehen, setzte den Rucksack ab und zog die Trinkflasche heraus. Er reichte sie Christian und sagte: „Magst du auch einen Schluck? Jetzt können wir uns wenigstens eine kurze Verschnaufpause gönnen. Ich schätze mal, dass wir in spätestens einer Viertelstunde im

Ort sein müssten. Du kennst doch sicher Bürdenbach näher?"

Christian trank etwas, setzte die Flasche ab und reichte sie Bodo. Dann nickte er. „Aber klar doch, Bürdenbach ist schließlich nicht weit von meinem Zuhause entfernt. Mit dem Auto sind wir früher oft dort gewesen, haben unsere Einkäufe gemacht und sind gerne durch die engen Gassen der kleinen Altstadt gebummelt. Aber die letzten Jahre war ich nicht mehr hier, bestimmt schon zwei oder drei Jahre nicht mehr."

„Und warum nicht?"

Christian zuckte mit den Schultern. „Es hat mich einfach nichts mehr hierher getrieben, so ganz alleine. Merkwürdig, aber jetzt auf einmal freue ich mich richtig darauf. Ich kenne da ein schönes Lokal direkt an der alten Mühle. Ein früherer Schulfreund von mir bewirtet es. Im Sommer ist im Biergarten bis spät abends immer Betrieb und am Wochenende macht der Wirt mit seiner Hausband Musik, aber nichts für junge Leute wie dich, Oldies halt aus den Sechzigern und Siebzigern von den Beatles, den Stones und ..."

„Von den Kinks, den Who, von den Lords und wie sie sonst noch alle heißen", führte Bodo den Satz für ihn zu Ende.

Christian musste unwillkürlich schmunzeln. „Donnerwetter, du kennst dich aber gut aus in Musik für Senioren, junger Mann."

Bodo schüttelte heftig den Kopf. „Oh nein, das ist ganz und gar keine Seniorenmusik für mich", sagte er. „Im Gegenteil, da war doch noch richtig Pfeffer dahinter, auch wenn die Texte eher simpel waren.

Christian lachte. „Ja, du hast recht, aber die haben ja damals fast alles nur in englisch gesungen. Das haben viele von uns ohnehin nicht richtig verstanden. Aber wir sollten jetzt weitergehen, bevor die Geschäfte im Ort schließen."

„Und wann ist das?"

„Um sechs Uhr abends, so war es jedenfalls früher", erwiderte Christian.

Bodo warf einen Blick auf seine Armbanduhr. „Au Backe, das können wir vergessen, denn es ist schon zehn nach sechs. Was machen wir denn jetzt? Wir müssen uns ja auch noch einen Platz für die Nacht suchen und das Zelt aufbauen."

„Mmh, lass mich mal überlegen", brummte Christian und kratzte sich am Kopf. „Ich hab´s", sagte er schließlich. „Weißt du was, Bodo, wir gehen jetzt in aller Gemütsruhe in den Ort und lassen es uns beim Mühlenwirt heute Abend so richtig gut gehen. Wir schlagen uns mal den Magen so richtig voll, denn ich habe einen Bärenhunger."

Bodo schüttelte den Kopf. „Das ist keine gute Idee. Hinterher sind wir dann vermutlich viel zu müde, um uns noch einen Zeltplatz für die Nacht zu suchen."

„Du sagst es, mein Junge." Christian amüsierte sich köstlich über Bodos verdutztes Gesicht. „Lothar, so heißt der Wirt, hat bestimmt noch ein Gästezimmer für uns beide frei. Ich miete einfach ein Doppelzimmer für uns, denn wenn wir zusammen in einem Zelt schlafen, können wir auch zusammen in einem Zimmer schlafen, oder etwa nicht?"

„Das schon, aber du hast doch selbst gesagt, dass du nicht viel Geld hast. Also wenn schon, dann teilen wir uns auch die Kosten, Christian", erwiderte Bodo.

„Kommt nicht in Frage. So schlecht geht es mir nun auch wieder nicht. Ich habe in den letzten Jahren für mich alleine nur sehr wenig Geld gebraucht und mir nie etwas gegönnt. Aber heute ist mir einfach danach, und es macht doch auch keinen Sinn, wenn das liebe Geld in meiner Brieftasche verschimmelt, oder? Gestern Nacht war ich dein Gast, und deshalb möchte ich heute Abend mal den Gastgeber spielen. Außerdem macht mir Lothar ganz bestimmt einen guten Preis. Ich möchte mich damit auch wenigstens ein kleines bisschen erkenntlich zeigen für dein Interesse an und für deine Geduld mit einem alten Mann, denn die Begegnung mit dir und unsere gemeinsame Wanderung haben mir wirklich sehr gut getan."

„Na wenn das so ist, dann kann ich ja schlecht nein sagen", erwiderte Bodo. „Dann lass uns mal gleich weitermarschieren, denn ich werde das Ge-

fühl nicht mehr los, dass du mich mit deinem Bärenhunger angesteckt hast."

Kapitel 8: Die alte Mühle

Oberhalb der alten Mühle war die Bürde durch ein kleines Wehr etwas aufgestaut, von dem ein künstlich angelegter Wasserlauf, der Mühlenbach, hinunter zum Mühlengebäude führte. Das Wasser wurde dem Mühlenrad über den Mühlenbach und eine hölzerne Rinne von oben zugeführt. Im Innern des weiß getünchten Fachwerkgebäudes hatte der Wirt ein kleines Museum für Besucher eingerichtet. Das Mühlenhaus und das separate Wirtshaus gegenüber bildeten mit einem fast rechtwinklig zu ihnen stehenden flachen Anbau, der als Stallung für ein paar Kühe und Schafe diente, einen hufeisenförmigen Innenhof, der mit Pflastersteinen ausgelegt war. In der warmen Jahreszeit wurde er als Biergarten genutzt. Als sie an der Mühle ankamen, waren erst ein paar Tische besetzt.

Christian deutete auf einen Tisch direkt neben dem Eingang zur Mühle. „Hier habe ich früher gerne mit meiner Frau gesessen. Wollen wir uns nicht auch dort hinsetzen?" Ohne Bodos Antwort abzuwarten sagte er: „Ich gehe schon mal rein und rede mit Lothar wegen eines Zimmers für die Nacht. Du kannst mir ja schon mal einen Krug Bier bestellen, und lass dir bitte die Speisekarte geben." Es dauerte über eine Viertelstunde, bis er wiederkam. „Tut mir leid, dass es so lange gedauert hat, aber Lothar und ich haben uns noch ein bisschen über die guten alten Zeiten unterhalten. Hast du mal in die Speisekarte geschaut? Also ich kann dir den Schweinebraten mit Klößen und Rotkohl nur wärmstens empfehlen, das ist Lothars Spezialität."

„Danke Christian, aber ich würde gerne die Rühreier mit Bratkartoffeln und Salat nehmen", erwiderte Bodo.

„Ach ja, ich hatte ganz vergessen, dass du kein Fleisch isst. Na dann halt Rühreier mit Bratkartoffeln für dich und für mich einen Schweinebraten. Ich darf doch wohl, oder?"

„Natürlich Christian. Ich bin Vegetarier aus Überzeugung, aber kein Missionar, der andere zum fleischlosen Essen bekehren möchte."

Christian lachte. „Das würde dir bei mir auch kaum gelingen", sagte er. „Warum machst du das eigentlich, etwa der Gesundheit wegen?"

Bodo überlegte einen kurzen Moment, bevor er darauf antwortete. „Nein, es sind rein ethische Gründe."

„Aus ethischen Gründen, du meinst wohl, weil die Tiere geschlachtet werden."

Bodo nickte.

„Aber das ist doch völlig normal, dass Nutztiere ihr Leben als Nahrungsspender für uns lassen müssen. Sie haben schließlich ein schönes Leben, bis es soweit ist, und im Schlachthof geht das Töten sicher ganz schnell und schmerzlos."

Bodo sah ihn mit großen Augen an und schüttelte den Kopf. „Von wegen schönes Leben. Du denkst wohl an schöne Reklamebilder von glücklichen Kühen auf der Weide. Aber weißt du eigentlich, wie viele Tiere unter miserablen Bedingungen auf engstem Raum, meist kalt und dunkel, dahinvegetieren müssen, wie roh und lieblos sie behandelt werden, wie bereits junge Kälber gewaltsam von ihren Müttern getrennt werden und dann ...".

„Was dann?", unterbrach ihn Christian.

„Warst du schon mal in einem Schlachthof?", fuhr Bodo fort.

„Nein, das nicht, aber das wird doch alles streng überwacht und auf die Einhaltung tierschutzrechtlicher Bedingungen und Auflagen überprüft."

„Nur vordergründig", erwiderte Bodo. „Ich habe mal einen Film gesehen, der von verdeckten Ermittlern einer Tierschutzorganisation in einem Schlachthof gedreht wurde. Ich sage dir, es ist die reinste Hölle für die armen Tiere. Die Schlachttiere, ich meine die Rinder und Schweine, werden mit brutalen Stockschlägen gewaltsam aus den

Tiertransportern in den Schlachthof getrieben. Sie haben schreckliche Angst vor den Menschen, denen sie hilflos ausgeliefert sind und ahnen schon, was ihnen bevorsteht in dieser grausamen Vernichtungsmaschinerie. Ihre Todesahnungen werden ausgelöst durch Schreie voller Angst und Pein der gequälten Leidensgenossen vor ihnen. Doch ihr stummes und verzweifeltes Flehen um Mitleid und um Gnade findet bei den brutalen Folterknechten kein Gehör. Die vergebliche Suche nach einem Fluchtweg, um dieser Hölle zu entkommen, das ausweglose automatisierte Vorantreiben zu den einzelnen Stationen ist für die Tiere unerträglich. Ich sah ihre vor Angst und Pein weit aufgerissenen Augen, ihr Zittern vor Todesangst, ihre krampfhaften Zuckungen nach den Betäubungen, die bei Weitem nicht immer so wirksam waren, wie sie eigentlich sein sollten. Ich sah, wie sie noch lebend weitertransportiert und aufgeschlitzt, zersägt oder verbrüht wurden. Willst du noch mehr darüber hören?"

Christian war fassungslos und schüttelte den Kopf. „Hör bitte auf, das ist ja entsetzlich. Ich war mir dessen wirklich nicht bewusst, Bodo, das musst du mir glauben."

„Natürlich glaube ich dir das. Leider wissen viele darüber nicht Bescheid oder wollen es nicht wissen, denn nicht wenigen ist es völlig egal, wie grausam die Schlachttiere behandelt werden, nur damit sie möglichst billig möglichst viel Wurst und Fleisch in sich hineinstopfen können."

Als die Kellnerin an den Tisch kam, um die Bestellung aufzunehmen, starrte Christian sie für ein paar Sekunden wie geistesabwesend an. Dann sagte er: „Einmal Rührei mit Bratkartoffeln für meinen Freund hier, und mir bringen Sie bitte ..." Er zögerte einen kurzen Moment. „Nein, warten Sie, für mich auch das Gleiche bitte." Dann sagte er zu Bodo gewandt: „Ich fürchte, ich habe gestern Mittag mein letztes Stück Fleisch gegessen, und ab heute gibt es einen Vegetarier mehr auf der Welt, falls ich das auch auf Dauer durchhalten kann."

Mit einer derartigen Reaktion hatte Bodo offensichtlich nicht gerechnet. Er nickte stumm, ergriff Christians Hand und drückte sie fest. „Danke mein Freund, danke im Namen all der Tiere, denen du mit deinem Verzicht Todesangst und schreckliches Leid ersparst. In letzter Konsequenz müsste man sich eigentlich völlig vegan ernähren und auch auf Eier, Milch und Käse verzichten, aber das ist wirklich nicht so leicht und gelingt selbst mir nicht immer. Deshalb sollten wir uns jetzt auch die Rührei mit Bratkartoffeln gut schmecken lassen."

Nachdem sie gegessen und sich noch eine Weile mit dem Wirt unterhalten hatten, fragte Bodo seinen Begleiter, ob er ihn noch bei einem kleinen Abendspaziergang etwas von Bürdenbach zeigen wolle.

„Na klar, es ist von hier aus nur ein kurzes Stück bis zur Ortsmitte, und der kleine historische Ortskern ist wirklich sehr schön. Wir haben zwar für heute eigentlich schon genug Kilometer zu-rückgelegt, aber auf einen kleinen Bummel mit dir durch das verträumte Städtchen hier freue ich mich wirklich. Und ein Verdauungsspaziergang nach diesem üppigen Mahl kann uns Wanderbrü-dern ohnehin nichts schaden."

Kapitel 9: Am Marktplatz

Die schmalen Gassen um den Marktplatz waren nur spärlich ausgeleuchtet, während auf dem rechteckigen Platz das aus rotbraunen Sandsteinen erbaute Rathaus auf der einen und die Kirche auf der gegenüberliegenden Seite von Scheinwerfern angestrahlt wurden und so auch den gesamten Platz hell ausleuchteten. Die Längsseiten des gepflasterten Marktplatzes, dessen Mitte ein alter Trinkbrunnen zierte, wurden von kleinen Fachwerkhäusern umrahmt, davor luden ein paar Bänke zum Ausruhen ein. Es war schon relativ spät und außer ihnen war niemand mehr unterwegs. Die Stille der warmen Spätsommernacht wurde nur vom Plätschern des Brunnens unterbrochen. Bodo und Christian nahmen auf einer der Bänke Platz und ließen ihre Blicke über die romantische Marktplatzkulisse schweifen. Eine Weile saßen sie schweigend nebeneinander, bis Bodo zur Kirche deutete und sagte: „Ich möchte morgen gerne noch einen kurzen Blick in die Kirche werfen, bevor wir losgehen. Sie ist doch sicherlich auch innen ganz schön?"

Christian nickte. „Ja, sie hat wie die meisten Kirchen hier in der Gegend einen mit Säulen und Figuren reich geschmückten Altarraum, einen schönen Kreuzgang im Seitenschiff und natürlich auch die üblichen Deckengemälde vom lieben Gott im Himmel, umrahmt von Engeln und armen Sündern, die vorm Himmelstor um Einlass betteln, der übliche Unsinn halt." Er spürte, wie ihm Bodo daraufhin einen kritischen Blick von der Seite zuwarf. Bodos Reaktion auf diese Bemerkung ließ auch nicht lange auf sich warten.

„Das klingt so abwertend, was du gerade über die Deckengemälde gesagt hast. Magst du sie denn nicht, Christian?"

„Du wirst lachen, ich mag diese naiven Bilder sogar sehr, es sind wunderschöne Bilder, nur das, was sie inhaltlich darstellen, ist weiter nichts als blühender Unsinn."

„Blühender Unsinn sagst du? Glaubst du etwa nicht an Gott?"

Christian lachte verächtlich auf und schüttelte den Kopf. „Nein Bodo, das ist vorbei. Endgültig vorbei", schob er nach.

„Dann hast du wohl früher mal an ihn geglaubt, oder?"

„Ja!"

„Und wie ist er dir abhanden gekommen, dein Glaube?"

„Ganz einfach, das Leben hat ihn mir genommen."

„Das Leben?"

„So ist es. Meine Eltern, die Kirche und der Religionslehrer haben mich als Kind zwar zum Glauben geführt, aber das Leben als Erwachsener hat mich später leider eines Besseren belehrt."

„Das verstehe ich nicht, Christian? Das musst du mir erklären."

Wieder erhielt Bodo ein abfälliges Lachen zur Antwort, bevor Christian das Gespräch fortsetzte. „Du kennst ja meine Geschichte. Eine Summe von tragischen Verkettungen, die mich aus der Bahn geworfen haben. Ich frage dich also: Wo war er, der himmlische Vater, der mich doch angeblich so gut behütet und beschützt? Wo ist sie, seine göttliche Gerechtigkeit? Warum spendet er mir keinen Trost? Warum zeigt er sich mir nicht, falls es ihn wirklich gibt? Es würde mir leicht fallen, dir noch weitere Fragen aufzuzählen, die ich ihm, ich weiß nicht wie oft, gestellt habe und auf die er mir bis heute eine Antwort schuldig geblieben ist. Eines Tages war ich es leid, ihn immer vergeblich anzurufen. Die einzige schlüssige Antwort, die ich mir daraufhin selbst gegeben habe, ist die, dass es ihn überhaupt nicht gibt, deinen lieben Gott. Er ist für mich nichts weiter als eine Märchenfigur für Kinder und naive Erwachsene, und mehr habe ich dazu jetzt nicht mehr zu sagen."

Bodo spürte, dass Christian ihm mit seiner letzten Bemerkung signalisieren wollte, dass das Thema damit für ihn erledigt sei, und machte daher auch keinerlei Anstalten, ihm darauf etwas zu erwidern. Eine Weile saßen sie schweigend nebeneinander, bis Christian wieder die Initiative ergriff. „Und wie ist es bei dir Bodo? Ich meine, glaubst du an ihn?"

„Natürlich, sonst wäre ich ja kein Priester geworden. Ja, ich bin der festen Überzeugung, dass es ihn gibt."

„Aha, und was macht dich da so sicher, junger Mann?"

„Es ist genau das, was du ihm absprichst, nämlich seine Liebe und Güte, seine Gerechtigkeit, seine ..."

Völlig erregt fiel ihm Christian ins Wort. „Ich glaube ich spinne. das meinst du doch jetzt nicht im Ernst, oder?"

„Doch Christian, du hast sicherlich viel Schlimmes erlebt in den letzten Jahren, aber es ist letztlich nur ein relativ kleiner Ausschnitt aus deinem Leben, und wenn du dein bisheriges Leben Revue passieren lässt, dann wirst du sicherlich mindestens genau so viel Schönes und Gutes erlebt haben. Denk mal zurück an deine Kindheit, sie war doch schön, wie du mir gestern selbst erzählt hast. Denk mal an deinen Beruf. Du hattest doch lange einen guten Beruf, ein gutes Gehalt und Wohlstand genießen können. Und was ist mit der Liebe zu deiner Frau? Sie war doch lange Zeit deine große Liebe, oder etwa nicht? Und was ist mit euren Kindern, die euch geschenkt worden sind, mit der Liebe, die euch miteinander verbunden hat? Und außerdem wird dir die Zukunft bestimmt auch noch Gutes und Schönes bescheren."

Völlig aufgebracht sprang Christian von der Bank auf und stellte sich vor Bodo. „Was erlaubst du dir eigentlich? Du bist über dreißig Jahre jünger als ich und willst mir etwas vom Leben erzählen, mir klar machen, wie gut es mir doch eigentlich geht. Das ist ungeheuerlich."

„Tut mir leid, Christian, das hast du jetzt wohl falsch verstanden. Ich wollte keineswegs dich oder deine Gefühle in irgendeiner Weise verletzen. Bitte entschuldige."

Christian nickte. „Schon gut, Entschuldigung angenommen. Ich habe gerade etwas überreagiert, vielleicht auch, weil mich deine Worte an so vieles erinnert haben, was für mich für immer verloren ist. Alles Schöne und Gute hat mit dem Tod von Tobias geendet. Ihn zu verlieren, dass hat meine Frau und mich halt aus der Bahn geworfen. Und was danach alles passiert ist, dafür trage ich doch nicht alleine die Schuld. Er hätte doch lenkend eingreifen oder mich davon abhalten können, wenn er ein fürsorglicher Gott wäre, oder etwa nicht?"

„Nein Christian, Gott greift nicht ein, um uns auf den rechten Weg zu führen. Er lenkt niemanden, denn er hat uns Menschen schließlich einen freien Willen geschenkt, auch dir. Aber er signalisiert uns zumindest, welcher Weg für uns Gefahren birgt."

Kopfschüttelnd drehte sich Christian um, ging zum Brunnen, trank ein paar Schluck Wasser und wischte sich mit den nassen Händen durchs Gesicht. „Die Abkühlung war notwendig, damit ich nicht schon wieder die Fassung verliere", sagte er, „aber geholfen hat es nicht wirklich. Sag mal, hast du nicht alle Tassen im Schrank, Bodo? Wie zum Teufel signalisiert uns Gott, wo uns Gefahren drohen? Ich habe davon jedenfalls noch nie etwas mitbekommen, junger Mann."

„Ganz einfach, jeder von uns hat eine innere Stimme, ein gutes oder ein schlechtes Gewissen, oder nenne es meinetwegen einen Instinkt", erwiderte Bodo.

„Und so etwas verbindest du ...", er schwieg für einen kurzen Augenblick und fuhr dann fort, „mit Gott?"

„Natürlich, mit wem denn sonst?"

Christian winkte verächtlich ab. „Na schön, lassen wir das. Ich bin jedenfalls nach dem Tod von Tobias einfach nicht mehr beruflich klargekommen und musste meine Konsequenzen daraus ziehen. Mir blieb daher einfach keine andere Wahl, als mich beruflich zu verändern und mich selbstständig zu machen."

„Tatsächlich nicht? Hattest du denn ein gutes Gefühl dabei?"

Christian schüttelte den Kopf. „Offen gestanden, nein! Da waren schon einige Bedenken und ein flaues Gefühl im Magen dabei." Er stockte plötzlich, schaute Bodo an und nickte. „Ach so, jetzt verstehe ich worauf du hinaus willst. Du versuchst mir gerade mit deiner Fragerei klarzumachen, dass er mich gewarnt hat."

„Ja!"

„Und warum hat er mir dann nicht auch signalisiert, was ich statt dessen hätte tun sollen oder tun müssen?"

„Dann hätte er uns Menschen auch gleich ohne Hirn und Verstand, sozusagen als Marionette oder meinetwegen als Befehlsempfänger, erschaffen können."

„Dann hätte er aber auch darauf verzichten können, uns ein Gewissen zu verpassen, auf das du mich gerade eben so genüsslich hingewiesen hast, denn damit versucht er schließlich auch, Einfluss auf uns zu nehmen, oder etwa nicht, Herr Kaplan?"

Bodo konnte ein leichtes Grinsen nicht verbergen. Christian war offenbar wild entschlossen, ihm bei ihrem Wortgefecht den Wind aus den Segeln zu nehmen. „Du hast recht", erwiderte er, „das hätte er tun können, aber er wollte uns damit zumindest eine Art Warnsignal anhand geben, das wir zwar im eigenen Interesse beachten sollten aber durchaus auch darüber hinwegsehen können. Du kannst es beispielsweise mit einer Öldruckkontrolllampe in einem Auto vergleichen. Wenn sie aufleuchtet, sollte man besser gleich anhalten und nachschauen, was los ist. Es kann zwar sein, dass nur die Lampe defekt ist und ein falsches Signal gibt, du musst aber auch mit einem möglichen Motorschaden wegen Ölmangel rechnen, wenn du trotzdem einfach weiterfährst. Es ist auf jeden Fall sinnvoller, Vorsicht walten zu lassen und es zu überprüfen, aber es bleibt letztlich deine Entscheidung, für die du im Falle eines Schadens aber auch die Konsequenzen tragen musst."

„Gut gebrüllt Löwe", erwiderte Christian, „wenn du auf alles eine Antwort hast, dann habe ich noch ein paar Fragen an dich." Man spürte förmlich, wie er darum bemüht war, diesen Dialog doch noch für sich zu entscheiden. „Was bitteschön hätte ich deiner Meinung nach also tun sollen, statt selbst zu kündigen, etwa auf meinen Rausschmiss zu warten und mir damit endgültig die berufliche Zukunft zu verbauen?"

„Wäre es denn tatsächlich so weit gekommen? Du warst doch offenbar über viele Jahre ein guter und wertvoller Mitarbeiter für deine Arbeitgeber."

Christian nickte.

„Hättest du dann nicht mal mit ihnen darüber reden können, wie sie dich vielleicht unterstützen und entlasten oder meinetwegen auch für eine Weile hätten freistellen können?"

„Schon möglich, aber wer weiß, wie sie darauf reagiert hätten."

„Keiner weiß es, Christian, weil du es nicht versucht hast."

„Okay, und wenn sie es mir versagt hätten?"

„Dann hättest du dich zum Beispiel auch nach einem anderen Arbeitgeber umsehen können oder wäre das nicht möglich gewesen?"

„Schon, aber ..." Christian verspürte plötzlich eine deutliche Verunsicherung, denn Bodos Argumente waren nicht so einfach von der Hand zu weisen. Trotzdem versuchte er es. „Das wäre wohl keine gute Lösung gewesen, denn ich hätte schließlich meine Probleme auch auf eine neue Arbeitsstelle mitgenommen, Bodo."

„Aber das galt doch genau so bei deiner Existenzgründung, die dich doch noch viel mehr beansprucht hat wie eine abhängige Beschäftigung."

Bodos Argumente stachen. Dennoch versuchte Christian, sie zu entkräften. „Aber ich hatte doch fest damit gerechnet, dass mich meine Frau dabei unterstützen würde."

„Hast du sie denn vorher gefragt, ob sie das auch will und kann, ich meine trotz ihrer Probleme?"

„Äh, natürlich habe ich sie vorher über meine Pläne informiert und ...", er suchte krampfhaft nach einer passenden Antwort, „und sie hat auch nicht Nein dazu gesagt", fuhr er schließlich fort.

„Ist das wirklich gleichbedeutend mit einem Ja? Vielleicht wollte sie dir nur nicht widersprechen oder dich in deiner Entscheidung beeinflussen und hat darauf gehofft, dass du es dir noch einmal anders überlegst."

„Schon möglich, Bodo."

„Dann hast du sie, natürlich nicht in böser Absicht, mit deiner Entscheidung noch mehr belastet und damit völlig überfordert." Er spürte, wie sehr sich Christian dieses Gespräch offenbar zu Herzen nahm und schwieg daher, bis sein Partner das Wort wieder ergriff.

„Deine Sichtweise gibt mir zu denken, Bodo, weil mir selbst derartige Gedanken nie gekommen sind. Aber ich merke jetzt, wie engstirnig ich all die Jahre als Einzelgänger offenbar war und nur meine Sicht der Dinge im Kopf hatte. Es fällt mir zwar schwer, jetzt alles unter einem anderen Blickwinkel zu betrachten, aber ich spüre auch, dass es nicht gut für mich war, mir ein Weltbild zu basteln, hinter dem ich mich mit meinen Fehlern optimal verstecken konnte. Lass uns daher weiterreden und scheue dich bitte nicht, mir die Augen weiter zu öffnen, denn ich will endlich wieder mit mir und der Welt ins Reine kommen."

„Schön, dass du es so annehmen kannst, Christian, denn ich will dir keineswegs zu nahe treten oder dich verletzen, sondern dir helfen, soweit und so gut mir das möglich ist."

„Und wie siehst du die Affäre, in die ich dann reingeschlittert bin, ohne dass ich es darauf angelegt hätte. Das kannst du mir wirklich glauben, Bodo."

„Das tue ich auch, Christian. Warum sollte ich daran zweifeln? Ich denke, so ein Ausrutscher kann jedem mal passieren, aber ...", er schwieg und blickte etwas verlegen unter sich. „Aber es war ja kein einmaliger Ausrutscher, sondern es ging ja länger mit dieser Beziehung. Bist du dir völlig sicher, dass deine Frau die ganze Zeit davon nichts gemerkt oder gespürt hat?"

Christian zuckte mit den Schultern. „Ich glaube es nicht, aber mehr kann ich dazu auch nicht sagen. Anfangs wollte ich es ja gleich wieder beenden, aber dann ..."

„Hat es dir gut getan, dich von einer Anderen trösten zu lassen", beendete Bodo den Satz für ihn. Er spürte die plötzliche Betroffenheit des Älteren, der lange stumm vor sich auf den Boden starrte und dann erwiderte:

„Ja, es hat mir gut getan ... damals jedenfalls, aber jetzt tut es mir weh."

Bodo legte für einen kurzen Augenblick tröstend den Arm um seine Schulter. „Auch deine Frau, hätte in ihrer Trauer um euren Sohn Trost verdient, und zwar von dir."

„Ja, aber ich war wohl zu sehr mit mir selbst beschäftigt. Ich habe es zwar versucht, aber ..." Christian schüttelte den Kopf. „Ich habe damals weder das richtige Mittel noch die richtigen Worte dafür gefunden." Er war froh, als die Kirchturmuhr zu schlagen begann und so ihren Dialog unterbrach. „Mein Gott, es ist ja schon nach elf‘, sagte er. „Ich bin wirklich sehr müde, und morgen haben wir noch einen weiten Weg vor uns. Lass uns jetzt bitte zur Mühle zurückgehen."

Schweigend legten sie den kurzen Weg zu ihrem Nachtquartier zurück.

Kapitel 10: Talwärts

Als Christian am nächsten Morgen aufwachte, war Bodo nicht im Zimmer. Auch den Rucksack hatte er mitgenommen. *Ob er wohl ohne mich weitergegangen ist*, kam ihm spontan in den Sinn. *Vielleicht hat er sich gestern Abend über mich geärgert, weil ich unser Gespräch so abrupt beendet habe. Warum sollte er sich auch über Gebühr mit einem älteren Mann und seinen Problemen beschäftigen.* Es tat ihm leid, dass ihre ungleiche Männerbekanntschaft offenbar so schnell wieder ein Ende gefunden hatte. Er mochte den jungen Mann sehr, aber er war es andererseits auch gewöhnt, dass sich immer mehr ehemalige Freunde und Bekannte von ihm abwandten, weil er sich im Laufe der Jahre mehr und mehr zu einem Eigenbrötler entwickelt hatte. Plötzlich schoss ihm ein Gedanke durch den Kopf. *Er wird doch nicht meine ...* Ohne den Gedanken zu Ende zu bringen griff er hastig nach seiner Jacke. Beruhigt legte er sie wieder weg, nachdem er sich vergewissert hatte, dass seine Brieftasche noch da war und auch kein

Geld fehlte. Er schämte sich jetzt über diesen unbegründeten Verdacht. „Was soll's", brummte er schließlich und ging ins Bad. Er würde eine Dusche nehmen, nachher in aller Ruhe unten noch frühstücken und dann mit dem nächsten Bus wieder nach Hause zurückfahren. Als er hinunter in den Speisesaal kam, saß Bodo an einem der Tische und winkte ihn zu sich.

„Oh Mann, da bist du ja endlich, ich habe schon geglaubt, du würdest nie mehr aufwachen, du Penner."

„Sehe ich so schlimm aus?", erwiderte Christian trocken und fuhr sich demonstrativ dabei mit den Fingern über die Bartstoppeln. Er war froh darüber, dass ihn sein junger Freund doch nicht im Stich gelassen hatte, ließ sich aber nichts anmerken. „Seit wann bist du denn schon wach?", fragte er.

Bodo lachte. „Schon fast zwei Stunden. Du hast die halbe Nacht so laut geschnarcht wie ein altes Walross, bis ich es einfach nicht mehr ausgehalten habe. Ich habe schon Verpflegung für uns besorgt. Wenn wir gefrühstückt haben, können wir uns gleich auf den Weg machen." Auf dem gedeckten Tisch vor ihnen standen eine Kanne Kaffee, frische Brötchen, Marmelade, etwas Käse und für jeden ein Ei. „Ich habe extra keine Wurst bestellt, weil du doch ..."

„Schon gut, als überzeugter Vegetarier hätte ich das auch entrüstet von mir gewiesen", brummte Christian.

„Wie ich sehe, bist du heute Morgen gut drauf, mein Alter", erwiderte Bodo grinsend.

Christian nickte. „Aber man soll den Tag nicht vor dem Abend loben, Söhnchen. Wer weiß schon, was er uns noch alles bescheren wird außer diesem üppigen Frühstück hier." Er warf einen Blick aus dem Fenster. „Das Wetter scheint heute wieder ganz gut zu werden und die Sonne wartet bereits auf uns. Hau rein, Junge und dann geht die Post ab." Nachdem sie ausgiebig gefrühstückt und er sich an der Theke noch eine Weile mit Lothar unterhalten hatte, machten sie sich auf den Weg.

„Was hast du denn eigentlich für das Zimmer und das Frühstück bezahlt?", fragte Bodo.

„Nichts", erwiderte Christian mit einem breiten Grinsen im Gesicht.

„Nichts, wieso das denn?"

„Ganz einfach, ich habe Lothar von unserer Wanderung durchs Bürdental erzählt. Das hat ihm sehr gut gefallen. Er hat jedenfalls sofort eine Geschäftsidee darin entdeckt und mir einen Job angeboten."

„Eine Geschäftsidee und einen Job? Du sprichst aber jetzt in Rätseln mit mir."

„Na dann will ich dich mal aufklären, mein Freund. Er möchte gerne spezielle Wandertouren durchs Bürdental anbieten, mit Übernachtungsmöglichkeiten an der alten Mühle, und ich soll dafür eine detaillierte Routenplanung ausarbeiten und bei Bedarf auch als Wanderführer zur Verfügung stehen. Viel kann er mir zwar nicht dafür bezahlen, aber einen Fünfziger pro Tag hat er mir angeboten und natürlich auch freie Übernachtung und Verpflegung. Unsere Übernachtung und das Frühstück heute ist sozusagen mein erster Vorschuss. Ist das nicht Klasse?"

„Das finde ich wirklich großartig, Christian, nicht nur des Geldes wegen, sondern weil du auch wieder eine neue Aufgabe gefunden hast. Wie du siehst, hat es sich für dich bereits ausgezahlt, dass du mit mir gekommen bist, im wahrsten Sinne des Wortes."

Christian lachte. „In der Tat. Ich hoffe nur, dass du jetzt keine Lizenzgebühren von mir verlangst."

„Lizenzgebühren, für was denn?"

„Na ja, schließlich ist es ja deine Idee mit der Wanderung von der Quelle bis zur Mündung, die ich ihm verkauft habe."

„Aha", erwiderte Bodo, „die Idee mit der Lizenzgebühr ist wirklich nicht schlecht. Lass mir einfach ein bisschen Zeit zum Nachrechnen. Am Ende des Weges werde ich dir dann sagen, wie viel du mir dafür zu berappen hast." Als ihn Christians erstaunte Blicke trafen, konnte er sich ein schallendes Lachen nicht mehr verkneifen.

„Dir kann man aber wirklich jeden Mist erzählen", prustete er los.

„Jetzt sieh aber bloß zu, dass du so schnell wie möglich Land gewinnst, sonst kannst du was erleben, du unverschämter Kerl", warf ihm Christian mit gespielter Empörung entgegen.

Schweigend gingen sie eine ganze Weile nebeneinander her. Die Sonne bahnte sich ihren Weg am Himmel unaufhörlich zu ihrer Gipfelstation, um den Hauch von Nebel aufzulösen, den die feuchte Kühle der Spätsommernacht wie bereits am Vortag über dem Talboden ausgebreitet hatte. Der Bürdenbach verwandelte sich allmählich in einen ansehnlichen kleinen Fluss, der sich vorbei an natürlichen Hindernissen, an Straßen, Brücken und vereinzelten Gehöften seinen Weg durch das etwas breiter werdende Tal suchte. Der Weg konnte dem gewundenen Bachlauf daher nicht mehr wie am Vortag im ersten Streckenabschnitt immer parallel folgen und schlängelte sich zum Teil auf einer eigenen Trasse, mal mitten durch feuchte Wiesen und mal an Feldern vorbei, die zum Teil bereits abgeerntet waren. Ab und an mussten sie einem Traktor oder einem Radfahrer etwas Platz machen. Ansonsten zogen nur ein paar Schäfchenwolken am stahlblauen Himmel gemächlich ihre Bahn. Die beiden Wanderer kamen auf dem ausgebauten Weg gut voran. Sie genossen den Blick ins Tal, das kaum merklich hinunter zur Mündung der Bürde in den großen See an der Kaiserburg abfiel, von der man dank der relativ klaren Sicht die Wehrtürme zumindest schemenhaft am Horizont erkennen konnte. Auf einer kleinen Anhebung vor ihnen standen zwei Bänke, auf die Christian zeigte.

„Wie wäre es denn mit einer kleinen Verschnaufpause?", fragte er.

Bodo nickte. „Ein schönes Plätzchen dafür. Du bist ja hier aus der Gegend und kannst mir sicher auf der Karte zeigen, wo wir gerade sind, denn ich habe offen gestanden ein bisschen die Orientierung verloren."

„Das sollte kein Problem sein für einen ehemaligen Pfadfinder, dann gib das Ding mal her.", erwiderte Christian. Nachdem er die Karte ausgebreitet hatte, erklärte er Bodo den weiteren Streckenverlauf. „Das Tal fällt noch ein gutes Stück relativ sanft entlang der Bürde ab und gibt uns den Blick auf die Landschaft frei. Ein sehr schöner und vor allem auch sonniger Abschnitt. Dann sucht sich unser Flüsschen seinen Weg durch das Waldgebiet, das du dort unten schon sehen kannst. Irgendwo im Wald kommen wir dann an den Bürdenfall, wo das Wasser in mehreren Stufen relativ steil zum See hin abfällt. Vielleicht sagen manche auch deshalb die Bürdenfälle dazu. Das ist zweifellos der imposanteste Streckenabschnitt, den wir aber erst morgen im Laufe des Tages erreichen werden. Ich schlage vor, dass wir heute noch versuchen, bis Hofburg zu kommen.

Du siehst davon schon die Dächer vor dem großen Waldstück. Dort können wir dann irgendwo unser Zelt für die Nacht aufschlagen und uns noch mal mit Proviant für das letzte Teilstück morgen versorgen. Einverstanden?"

„Na klar, ich würde mich zwar auch alleine einigermaßen zurecht finden, aber es ist natürlich schon von Vorteil, einen professionellen Wanderführer dabei zu haben", erwiderte Bodo mit einem Grinsen auf den Lippen, weil er sich eine Anspielung auf den vom Mühlenwirt angebotenen Gelegenheitsjob für Christian nicht verkneifen konnte.

Mit ernstem Blick erwiderte der: „Richtig! Erinnere mich bitte gegen Ende unsere Wanderung an die Routenführerpauschale."

„Routenführerpauschale, was meinst du denn damit?"

„Na du glaubst doch nicht im Ernst, dass ich dich drei Tage umsonst hier durch die Gegend schleppe."

„Ach so ist das, Herr Routenführer. Da kann ich ja nur hoffen, dass es für mich nicht unbezahlbar werden wird."

„Mal sehen, vielleicht können wir es ja mit deinen Lizenzgebühren aufrechnen."

„Das ist wirklich ein guter Vorschlag."

Christian musste lachen. „Das finde ich auch. Lass uns jetzt aber noch ein Stück weitergehen."

Kapitel 11: Über Gott und die Welt

Strahlender Sonnenschein begleitete die beiden Wanderer, die auf ihrem Weg talabwärts eine Weile schweigend nebeneinander hergingen und ihre Blicke über die Landschaft schweifen ließen, bis Christian die Stille kaum hörbar unterbrach.

„Und es gibt doch keine Gerechtigkeit im Leben", murmelte er.

Bodo warf ihm einen erstaunten Blick zu. „Wie kommst du denn jetzt auf einmal darauf?"

„Du erinnerst dich doch an unser Gespräch gestern, in dem du mir beibringen wolltest, dass das Leben für jeden immer mindestens genau so viel Gutes wie Schlechtes bereithält."

Sein Partner schüttelte den Kopf. „Nein, das habe ich so nicht gesagt."

„Oh doch, oder zumindest so ähnlich. Jedenfalls wolltest du mir weismachen, dass sich alles immer irgendwie ausgleicht. Aber dein Argument ist nicht schlüssig, schließlich können wir beide sicherlich genügend Beispiele aufzählen, wo Menschen ein Leben lang vom Pech verfolgt sind oder endlosen Kummer, Sorgen und Schmerzen ertragen müssen. Denk doch nur mal an die vielen Krisen- oder Kriegsgebiete auf der Welt, wo viele ein Leben lang unter Hunger, Durst und menschlichen Grausamkeiten leiden müssen."

„Das ist richtig, Christian."

„Na also, und wo ist sie dann, deine Gerechtigkeit? Wo ist er denn da, dein gerechter und fürsorglicher Gott?"

„Wo, fragst du? Das kann ich dir nicht sagen, denn es gibt keinen bestimmten Ort für ihn. Viele siedeln ihn zwar irgendwo im Himmel an, aber ich denke, er ist allgegenwärtig, ich meine damit, dass er nicht nur über uns, sondern auch um uns und in uns ist."

Christian winkte ab. „Hör bitte auf mit diesen pastoralen Sprüchen und erkläre mir lieber, woran du seine Fürsorge und Gerechtigkeit festmachen willst, wenn er doch das Gegenteil für seine Schöpfung zulässt."

„Ja, er lässt Ungerechtigkeit zu, weil er uns den freien Willen geschenkt hat, auch den Ungerechten auf dieser Welt."

„Na eben. Daher frage ich dich noch einmal: Wo zum Teufel siehst du darin eine göttliche Gerechtigkeit und Fürsorge?"

„Wir müssen alle Rechenschaft vor ihm ablegen für das, was wir getan haben und sühnen für die Schuld, die wir auf uns geladen haben", erwiderte Bodo.

„Sei mir bitte nicht böse, ich weiß zwar, dass du Theologe bist und daher auch so gescheit daherreden musst, aber erzähle mir jetzt bitte nichts von der Wiederauferstehung der Toten am Tag des jüngsten Gerichts, von Himmel und Hölle und diesem ganzen Unfug. Du bist momentan außer Dienst und kannst daher bei mir ruhig die Kirche in deinem Dorf lassen, um es mal im übertragenen Sinne auszudrücken."

Bodo blieb stehen und sah ihn an. „Vielleicht hast du ja recht. Lass uns offen miteinander reden", sagte er.

„Du glaubst also selbst nicht an den Mist, den die Kirche ihren Schäflein von der Kanzel predigen lässt? Du kannst es mir gegenüber ruhig offen zugeben."

Bodo schüttelte den Kopf. „So kann man es nicht ausdrücken, Christian. Die Bibel ist, wie du weißt, vor sehr langer Zeit entstanden und bediente sich einer einfachen bildhaften Sprache, angepasst auf das Verständnis der Menschen zur damaligen Zeit. Man darf sie natürlich nicht wörtlich nehmen, sondern muss sie im übertragenen Sinne interpretieren. Jeder weiß zum Beispiel, dass die Wiederauferstehung eines Toten anatomisch gesehen unmöglich oder meinetwegen auch Unsinn ist."

Christian triumphierte förmlich. „Schön, dass du es zugibst, wovon viele heutzutage ausgehen. Es gibt keine Wiederauferstehung von den Toten und kein Leben nach dem Tod und es gibt auch kein ..."

„Halt Christian", unterbrach ihn sein Partner, „so habe ich es nicht gemeint. Ganz im Gegenteil, man könnte es sogar eher so ausdrücken, dass es keinen Tod gibt, sondern ein ewiges Leben." Er erntete dafür spontan ein verächtliches Lachen

Christian schüttelte den Kopf. „Sag mal, dir ist doch nicht etwa die spätsommerliche Hitze zu Kopf gestiegen, mein Freund?"

„Du hast mich doch eben gefragt, wie all die Ungerechtigkeiten hier auf der Erde mit Gottes Fürsorge und Gerechtigkeit in Einklang zu bringen sind. Die Antwort ist darin zu sehen, dass wir alle hier auf der Erde sind, um bestimmte Aufgaben zu erfüllen und für die Schuld, die wir in der Vergangenheit auf uns geladen haben, zu sühnen."

„Oh Gott, du kannst doch wirklich nicht so naiv sein, an so etwas zu glauben. Schau dich doch mal um, wie viele auf diesem Scheißplaneten jeden Tag ungeheure Schuld auf sich laden und wie wenig sie dafür in ihrem Leben büßen müssen."

„Du meinst wohl in ihrem irdischen Leben."
„Natürlich, was denn sonst?"

„Wenn du davon ausgehst, dass jeder nur ein einziges Leben lebt, dann hättest du natürlich berechtigte Zweifel an Gottes Fürsorge und Gerechtigkeit."

Christian schnaufte laut hörbar: „Verdammt noch mal, das sage ich doch die ganze Zeit."

„Bitte beruhige dich, ich will doch nur versuchen, dir eine etwas andere Sicht der Dinge zu vermitteln. Wenn du einfach mal davon ausgehst, dass jeder Mensch oder vielmehr das, was wir unsere Seele oder unseren Geist nennen, ein Vorleben hat und aus diesem Vorleben noch eine Schuld zu tilgen oder eine Aufgabe zu erfüllen ist, dann hättest du eine logische Erklärung dafür, dass ein Mensch beispielsweise sein ganzes Leben in Saus und Braus zu Lasten anderer führen kann, während ein anderer Zeit seines Lebens nur Kummer und Leid ertragen muss, um einmal zwei Extrembeispiele zu nennen. In beiden Fällen liegen Sinn und Ursachen in der jeweiligen Vergangenheit, auch über das derzeitige irdische Leben hinaus."

Fassungslos schüttelte Christian den Kopf: „Weißt du eigentlich was du da von dir gibst, Bodo? Du erklärst mir gerade die Reinkarnationstheorie. Wenn du jetzt ein Buddhist oder ein Hinduist wärst, könnte ich das ja verstehen, aber ausgerechnet du als Christ und dazu noch als Profi sozusagen. Sorry, aber das haut mich jetzt wirklich um. Du kannst froh sein, dass das niemand von deinen Kirchenoberen zu Ohren gekommen ist, denn die hätten dich dafür sprichwörtlich zum Teufel gejagt."

Bodo nickte. „Natürlich, das widerspricht zwar der offiziellen christlichen Lehre, aber glaub mir bitte, ich bin bei weitem nicht der Einzige, der darüber so denkt, zumal die Reinkarnationslehre bis ins Sechste Jahrhundert auch von unserer christlichen Kirche vertreten und dann erst untersagt wurde. Nicht zuletzt hat die Kirche aus dem daraus resultierenden Ablasshandel ungeheure Macht und Reichtum erlangt. Ein gläubiger Christ, der davon ausgeht, nur ein einziges Erdenleben zu haben, wird natürlich schon zu Lebzeiten alles daran setzen, um später in den Himmel zu kommen. Buchstäblich ein gefundenes Fressen also für eine religiöse Institution, die sich selbst die Lizenz zur Vergebung von Sünden erteilt hat und diese all denen gnädig gewährt, die treu und ergeben zu ihr stehen und stets fleißig ihren Obolus in den Klingelbeutel werfen. Würde die Kirche ihren Scherflein dagegen predigen, dass Gott zwar auch so alles verzeiht und vergibt, aber jeder dennoch seine Schuld sühnen muss, dann wäre es um Macht und Einfluss der Kirche sicherlich weitaus schlechter bestellt."

Christian winkte ab. „Ich gebe zwar zu, dass mit deiner Reinkarnationslogik viele Ungereimtheiten auf dieser Welt zu erklären wären, aber das ändert dennoch nichts daran, dass nach dem Tod einfach nichts mehr kommen kann. Wenn du den Stecker ziehst, ist die Kiste tot."

Bodo war über diese Bemerkung sichtlich irritiert. „Ich verstehe nicht ganz", erwiderte er.

Christian lachte. „Das hätte mich auch gewundert. Wir sind zwar beide keine Physiker, aber du hast doch sicherlich schon mal im Physikunterricht früher was von einem Perpetuum mobile gehört, oder?"

Bodo deutete ein etwas zaghaftes Nicken an. „Ja, das ist wohl eine besondere Maschine, glaube ich, aber offen gestanden weiß ich nicht mehr so genau, was es damit auf sich hat."

„Richtig! Stark vereinfacht ist es ein Gerät, das man nur einmal in Bewegung versetzen muss und das dann ohne Zuführung weiterer Energie ewig in Bewegung bleibt und auch noch Arbeit dabei verrichtet."

„Aber so etwas gibt es doch nicht in Wirklichkeit, soweit ich weiß."

„Genau! Und warum nicht?"

„Sag mal, willst du jetzt über Physik mit mir reden oder über das Leben und den Tod."

Christian grinste. „Über beides, junger Mann. Du sagst richtigerweise, dass es so etwas nicht gibt. Ich will dir ein wenig auf die Sprünge helfen und es dir mit meinen Worten erklären, denn die Physik hat mich schon als Schüler fasziniert. Hast du schon mal was vom Energieerhaltungssatz gehört?"

Bodo winkte ab. „Tu mir jetzt bitte einen Gefallen und quäle mich nicht auch noch mit irgendwelchen wissenschaftlichen Theorien, von denen ich nichts verstehe."

„Keine Sorge, nur so viel. Woher glaubst du bezieht ein Mensch seine Energie, um leben zu können?"

„Na ja, doch wohl durch Essen und Trinken, oder?"

„Genau! Das versetzt unseren Körper in die Lage zu funktionieren und zudem auch körperliche und geistige Tätigkeiten zu verrichten. Und was passiert, wenn einer nichts mehr zu essen und zu trinken bekommt, auf Dauer meine ich?"

„Blöde Frage, er stirbt irgendwann."

„Der Kandidat hat hundert Punkte", erwiderte Christian und klopfte Bodo grinsend dabei auf die Schulter. „Du bist ja doch nicht so dumm, junger Mann."

Bodo wehrte unwillig ab. „Nun bring es schon auf den Punkt, Christian. Was willst du damit sagen?"

„Du hast gerade eben selbst den Beweis dafür geliefert, dass alles aus ist, wenn dein Körper sozusagen den Geist aufgegeben hat."

„Oh nein, jetzt bist du aber auf dem Holzweg", konterte Bodo, „denn nicht der Körper gibt den Geist auf, sondern es ist genau umgekehrt:"

„Das habe ich doch jetzt nur sinnbildlich gemeint, denn wer was aufgibt, ist letztlich unerheblich. Jedenfalls kannst du weder körperliche noch geistige Arbeit mehr verrichten, wenn du tot in der Kiste liegst."

„Auf den leiblichen Körper bezogen ist das zwar richtig, aber das gilt nicht für den Geist."

Wieder konnte Christian sein Unbehagen nicht verbergen. „Ich sagte doch gerade, dass weder Körper noch Geist funktionieren können ohne Nahrung."

„Du meinst wohl das Gehirn, aber das ist nicht dasselbe wie der Geist, denn darunter versteht man nicht nur das menschliche Denkvermögen, sondern vielmehr all das, was uns ausmacht, also unser Wesen oder unseren Charakter, Wertvorstellungen, Gefühle, Empfindungen, Erinnerungen und so weiter. Man subsumiert all dies auch unter dem Begriff Bewusstsein"

„Aber das wird doch alles in unserem Gehirn produziert."

Bodo schüttelte den Kopf. „Du hast mir eben eine Lektion in Physik zu geben versucht, doch jetzt liegst du physikalisch gesehen daneben."

Christian wehrte ab. „Das glaube ich kaum, aber auch du sollst deine Chance als Physikdozent haben. Ich bin schon sehr gespannt, wie du mich vom Gegenteil überzeugen willst. Wetten dass es dir nicht gelingen wird!"

„Wir werden sehen. Du weißt ja, dass ich Theologe bin und mich daher mit wissenschaftlichen Theorien oder Lehrsätzen nicht so gut auskenne. Ich probiere es daher am besten mal mit einem anschaulichen Beispiel. Einverstanden?"

„Nur zu, ich höre."

„Also gut, was passiert, wenn beispielsweise bei einem Fernsehgerät der Strom ausfällt oder der Anschluss sonst wie gestört ist?"

„Blöde Frage, die Kiste geht aus."

Bodo nickte. „Man könnte doch auch dazu sagen, das Gerät ist tot oder es hat seinen Geist aufgegeben. Richtig?"

„Klar, aber was soll diese Frage?"

„Moment, ich bin noch nicht fertig. Was würdest du beispielsweise bei einem Fernsehgerät als den Geist bezeichnen."

„Na ja, das Innenleben halt, die elektronischen Module für den Empfang und die Senderwahl und was sonst noch alles notwendig für die Wiedergabe ist."

„Wäre für diese Steuer- und Regelzentrale nicht eher der Begriff Gehirn anstelle von Geist angebracht?"

„Meinetwegen, Bodo."

„Aber ist das tatsächlich auch das Wesentliche oder der Fernsehgeist, wenn ich es mal so bezeichnen darf?"

„Nein, es kommt im Wesentlichen natürlich darauf an, was die Fernsehsender inhaltlich an Programmen so ausstrahlen." Christian lachte und schob nach: „Wenn du mich fragst, meistens nur Mist." Dann hob er den Kopf und blickte Bodo nachdenklich an. „Ich ahne jetzt, worauf du hinaus willst. Du willst mir jetzt beibringen, dass sich der Fernsehgeist nicht im Gerät selbst, sondern außerhalb befindet. Stimmt's, junger Mann?"

„Richtig, denn dem Fernsehgeist im Sender ist es egal, ob deine Flimmerkiste kaputt oder tot ist, denn er existiert weiter, weil er seine Energie eben nicht aus der Steckdose für das betreffende Fernsehgerät bezieht."

Christian schüttelte den Kopf. „Einspruch, euer Ehren. Mit dem Fernsehgeist hast du sicherlich recht, aber dein Vergleich hinkt ..."

„Wie alle Vergleiche", wendete Bodo ein. „Und wo ist der Haken?"

„Ganz einfach, mit einem Fernseher kann man zwar etwas empfangen, also konsumieren, aber nichts selbst ausstrahlen oder generieren."

Bodo kratzte sich am Kopf. „Richtig", murmelte er kaum hörbar.

Christian rieb sich grinsend die Hände. „Wie hoch war eigentlich unser Wetteinsatz?"

Sein junger Freund schüttelte den Kopf. „Ich bin noch nicht am Ende ..."

„Mit meinem Latein", fiel ihm der Ältere lachend ins Wort, „das wolltest du wohl sagen, oder?"

„Nein, ich wollte auf ein etwas anschaulicheres Beispiel hinaus."

„Und das wäre?"

„Nehmen wir besser einen Computer, mit dem man nicht nur weltweiten Zugang zu Wissen und Informationen oder zu Radio- und Fernsehprogrammen hat, sondern selbst auch aktiv etwas generieren kann wie beispielsweise einen Text, den man auf der Festplatte im PC speichern kann."

„Und wenn ich mit einem Vorschlaghammer deinen PC richtig treffe, ist der mausetot samt Festplattenwissen. Also wieder kein überzeugendes Argument, Herr Lehrer!"

„Wenn der Text vorher aber auch ins Internet gestellt oder auf einer externen Festplatte oder in der Cloud gespeichert worden ist, was dann ?"

Christian nickte anerkennend. „Nicht schlecht, mein Freund. Ich muss gestehen, das ist ein gutes Beispiel, ein verdammt gutes Beispiel sogar, das mich gedanklich wohl noch eine Weile beschäftigen wird. Wenn ich dich richtig verstehe, dürfte man, wenn jemand stirbt, also nicht sagen, er hat den Geist aufgegeben, sondern nach deiner Interpretation müsste man viel mehr sagen: Er hat den Körper aufgegeben, oder?"

Sein Gesprächspartner nickte. „Treffend formuliert, man könnte auch sagen, sein Geist hat sich von seinem Körper gelöst oder meinetwegen auch befreit, denn für einen inkarnierten Geist stellt der leibliche Tod tatsächlich eine Befreiung von irdischen Zwängen dar."

„Und wie soll ich mir deinen befreiten Geist jetzt vorstellen? Etwa so wie in den Gespensterfilmen als durchsichtige Gestalt, die nach Belieben sichtbar werden oder verschwinden und sich mit einer unglaublichen Geschwindigkeit fortbewegen kann? Ich liebe zwar derart amüsante und geistreiche Filme, aber ..."

Bodo grinste. „Warum nicht, völlig daneben würdest du damit nicht liegen, jedenfalls nicht nach dem, was ich darüber gelesen habe."

„Du liest Gespenstergeschichten?", fragte Christian, worauf er wieder ein Schmunzeln von Bodo erntete.

„Ich würde es treffender als Geschichten oder noch besser als Botschaften von und über Geister nennen wollen."

„Verstehe ich nicht", brummte Christian kopfschüttelnd.

„Hast du schon mal etwas von Allan Kardec gehört?"

„Nein! Wer soll das sein?"

„Eigentlich heißt er mit bürgerlichem Namen Rivail. Er hat im Neunzehnten Jahrhundert gelebt und sich als Pädagoge und Schüler Pestalozzis zunächst mit Erziehungsfragen beschäftigt und diesbezüglich viele Schriften verfasst. Doch als Mitte des Jahrhunderts das Thema Manifestation von Geistern populär wurde, hat er sich dem Studium des Spiritismus zugewandt und unter dem Namen Allan Kardec einige Bücher hierzu veröffentlicht wie beispielsweise ´Das Buch der Geister´ oder ´Das Buch der Medien´."

„Nie gehört. Und warum hat er nicht unter seinem richtigen Namen veröffentlicht?"

„Er hat diesen Namen angenommen, weil ihm angeblich ein Geist bei einer spiritistischen Sitzung mitgeteilt hat, dass er in einem früheren Leben so geheißen habe."

„Aha, und unter diesem Namen hat er sich dann mit Geistererscheinungen, mit Stühlerücken und dem Phänomen schreibender Tische beschäftigt. Sag nur, du glaubst wirklich an so einen Quatsch, Herr Kaplan?"

Bodo ignorierte die abfällige Bemerkung und fuhr fort: „Kardec hat einige Bücher verfasst, die man als eine Art spiritistischer Lehre bezeichnen könnte. Er beruft sich darin auf Antworten zu einer Vielzahl von ihm selbst gestellter Fragen über spiritistische Prinzipien und Gesetze, die von Geistern durch verschiedene Medien durchgegeben wurden. Er selbst bezeichnet sich auch nicht als Autor dieser Werke, sondern lediglich als jemand, der diese Botschaften entsprechend strukturiert und zum Teil mit erläuternden Kommentaren versehen und veröffentlicht hat. Nach seiner festen Überzeugung belegt die Übereinstimmung vieler Nachrichten, die von verschiedenen Medien in verschiedenen Ländern empfangen wurden, nicht zuletzt aufgrund einer darin erkennbaren Logik deren Glaubwürdigkeit."

„Klingt zwar ganz interessant, aber mit Scharlatanerie brauchst du mir nicht zu kommen, Bodo."

„Natürlich tummeln sich auch auf diesem Gebiet ohne Zweifel Scharlatane, aber die findet man bekanntlich überall, oder etwa nicht? Ich selbst würde mich auch als sehr kritischen und skeptischen Menschen charakterisieren, aber mein Glaube zwingt mich dennoch dazu, gewisse logische Annahmen als glaubwürdig anzuerkennen, für die man nach irdischen Maßstäben keinen schlüssigen Beweis liefern kann."

Triumphierend schaute ihn Christian an: „Siehst du, und genau dort liegt für mich der Hund begraben. Nur was man schwarz auf weiß besitzt, kann man getrost nach Hause tragen."

„Na schön, dann eben noch ein weiteres Beispiel für dich. Du weißt doch, dass sich die Erde um die Sonne dreht", erwiderte Bodo und erntete dafür ein verständnisloses Kopfschütteln.

„Was soll den diese völlig unpassende Bemerkung jetzt?"

„Abwarten, Christian. Als Galileo Galilei im Siebzehnten Jahrhundert das aussprach, was Nikolaus Kopernikus schon über hundert Jahre früher entdeckt hatte, nämlich, dass nicht die Erde im Mittelpunkt des Weltalls steht, sondern sich um die Sonne dreht, musste er sogar um sein Leben fürchten, nur weil er das damalige Weltbild aufgrund logischer astronomischer Beobachtungen auf den Kopf zu stellen wagte. Doch heute gehört das zum Allgemeinwissen. Für mich resultiert auch aus diesem simplen Beispiel, von denen es jede Menge im Laufe der Entwicklungsgeschichte der Menschheit gibt, die Erkenntnis, dass man nicht alles, was zu einem bestimmten Zeitpunkt gegen die herrschende Meinung verkündet oder behauptet wird, pauschal als unmöglich deklarieren sollte, zumindest nicht, wenn darin eine Logik zu erkennen ist, die nicht den unumstößlichen Naturgesetzen widerspricht. Falls du darin mit mir übereinstimmen kannst, dann gib mir bitte auch die Chance, dir auf deine Fragen Antworten zu geben, die nicht mit deiner vorgefassten Meinung übereinstimmen, sonst können wir das Ganze auch gleich lassen."

Sichtlich betreten starrte Christian eine Weile auf den Boden. „Tut mir leid, ich weiß selbst nicht, warum ich mich so dagegen wehre, wenn jemand mein Weltbild zu zerstören droht."

„Gefällt es dir denn so gut, dein Weltbild?"

Christian schüttelte den Kopf. „Nein, ganz und gar nicht. Ich wünsche mir sogar, dass es so wäre, wie du es schilderst, aber ... ich kann wohl nicht anders."

„Doch, du kannst es, aber du blockierst dich selbst. Aber lassen wir das. Du hattest mich gefragt, wie man sich einen vom leiblichen Körper befreiten Geist vorstellen soll. Willst du darauf jetzt eine Antwort von mir oder nicht?" Bodo erhielt ein zustimmendes Nicken und fuhr fort: „Allan Kardec hat es so beschrieben, dass es bei uns Menschen ein verbindendes Element zwischen dem leiblichen Körper und dem Geist gibt, das als Perisprit bezeichnet wird. Man muss sich darunter eine sehr feinstoffliche materielle Hülle vorstellen, die den Geist beim Verlassen des leiblichen Körpers nach Eintritt des Todes umhüllt. Der vom leiblichen Körper befreite Geist verkörpert demnach auch weiterhin ein Wesen, wenn auch für den normalen Menschen ein nicht sichtbares und auch nicht fühlbares oder greifbares. Und ein derartiges Wesen kann sich offenbar unter bestimmten Voraussetzungen Menschen mit medialen Fähigkeiten wahrnehmbar machen, zu denen ich leider nicht gehöre." Bodo hielt kurz inne und blickte Christian in die Augen. „Ich nehme an, dass sich auch jetzt wohl bei dir alles dagegen sträubt. Ich kann hier aber nur ungeprüft das weitergeben, was ich darüber gelesen habe. Leider habe ich selbst noch nie eine derartige Erfahrung gemacht, obwohl ich sie mir wünschen würde, weil sie mir bei der Verbreitung des Glaubens sicherlich sehr nützlich sein könnte. Selbst ich schaffe es offen gestanden auch nicht, diesbezügliche Zweifel völlig abzulegen, obwohl es zumindest eine logisch erscheinende Erklärung für die zahlreichen Geistererscheinungen wäre, über die seit Bestehen der Menschheit immer wieder berichtet wurde. Außerdem wäre es auch eine mögliche Erklärung für so genannte Nahtoderfahrungen, von denen insbesondere in der jüngsten Zeit viel zu lesen ist. Aber viel wichtiger für mich ist, dass der Geist grundsätzlich den leiblichen Tod eines Menschen überlebt und dass wir alle mit Geistern in Verbindung treten können, unabhängig davon, dass sie für einen normalen Menschen mit den Augen nicht sichtbar oder mit den Ohren nicht hörbar sind, was aber im Umkehrschluss nicht gleichzusetzen ist, dass sie tatsächlich unsichtbar und unhörbar sind, denn sowohl unsere Augen als auch unser menschliches Gehör sind bekanntlich begrenzt. Ich will versuchen, es dir an einem anschaulichen Beispiel etwas näher zu bringen. Luft kann man mit dem menschlichen Auge nicht sehen, ich meine, wenn sie absolut rein ist. Sie ist aber dennoch vorhanden und auch nicht unsichtbar, sondern lediglich aufgrund ihrer geringen Dichte für unsere Augen durchsichtig und daher optisch nicht wahrnehmbar. Stell dir jetzt bitte mal einen Luftballon vor, meinetwegen in Form eines menschlichen Körpers. Dieser Ballon kann beispielsweise mit Luft oder auch mit einem anderen Fluid gefüllt sein, das hinsichtlich seiner Dichte und damit seiner optischen Wahrnehmung ähnliche Eigenschaften aufweist. Wenn man dieses Fluid nun aus der formgebenden Ballonhülle entweichen ließe, wäre es dann verschwunden, ich meine im Sinne von nicht mehr existent?"

Christian musterte seinen Gesprächspartner mit sichtlichem Unbehagen. „Du kannst vielleicht Fragen stellen. Aber gut, um bei deinem Beispiel zu bleiben: Nein, es würde sich ..., ich sage es mal mit meinen Worten, mit der Umgebungsluft vermischen oder meinetwegen sich in ihr auflösen. Aber nagele mich jetzt bitte nicht wegen einer möglicherweise nicht korrekten Formulierung an die Wand. Physik war zwar für mich Lieblingsfach in der Schule, aber das ist schon einige Jahrzehnte her. Ich will nur damit sagen, dein Fluid ist noch da, aber wie und wo, das lasse ich einfach mal dahingestellt."

„Ich bin sehr froh, dass du es so ausdrückst, denn auch ich möchte mich eher als physikalisch interessierten Laien charakterisieren. Mein Vergleich hinkt daher sicherlich auch, allerdings wie alle Vergleiche, weil Ähnliches nun mal nicht dasselbe ist. Doch mir geht es lediglich um das Grundverständnis, bei dem wir uns zum Glück einig sind. Es ist nicht mehr, aber auch nicht weniger als der Versuch einer halbwegs anschaulichen Darstellung. So muss man übrigens auch die Bibel verstehen, die zahlreiche bildhafte Vergleiche zum besseren Verständnis der wesentlichen Botschaften zur damaligen Zeit enthält, die aber nicht an jeder Stelle wortwörtlich zu nehmen, sondern im übertragenen Sinne zu interpretieren sind. Was sagst du dazu, Christian?"

„Na ja, so schlecht ist dein Vergleich eigentlich nicht, aber lassen wir das. Mich würde viel mehr interessieren, wie ich deine Geister denn sonst noch wahrnehmen könnte."

Bodo lächelte. „Ganz einfach, mit ihren ureigenen geistigen Eigenschaften, also mittels der eben schon erwähnten Gedanken und Eingebungen sowie über Gefühle, Erinnerungen und Empfindungen. Es geht nach den von Allan Kardec niedergeschriebenen Botschaften sogar so weit, dass sich unser Geist im Schlaf zumindest ein Stück weit von den körperlich bedingten Einschränkungen im Wachzustand frei machen und in Kontakt zu anderen Geistern treten kann, ganz gleich, ob die Betroffenen schon tot oder noch am Leben sind. Allerdings haben wir im Wachzustand daran keinerlei Erinnerungen, ebenso wenig wie an die meisten unserer Träume, von denen uns leider oft nur diffuse oder unangenehme albtraumartige Sequenzen in Erinnerung bleiben."

„Willst du damit sagen, dass wir tagsüber bewusst oder nachts auch unbewusst mit anderen Geistern in Verbindung treten können, ich meine, zum Beispiel ich mit meiner verstorbenen Frau oder mit meinem Sohn?"

„Gegenfrage: Denkst du denn noch an sie?"

„Was für eine Frage, Bodo. Es vergeht kein Tag, an dem ich mich nicht an sie erinnere und mich nach ihnen sehne."

„Dann stehst du auch unverändert mit ihnen in dauerhaftem Kontakt, Christian."

„Und warum empfinde ich das nicht so?"

„Weil du, wie du eben selbst so schön erklärt hast, dich mit allen Mitteln dagegen sträubst."

Christian wirkte auf einen Schlag wie versteinert. Bodo schwieg bewusst, um diese Erklärung auf seinen Begleiter einwirken zu lassen.

„Glaubst du, dass ich es auch empfinden könnte, wenn ich ...?"

„Wenn du dich öffnen würdest, wolltest du wohl sagen, Christian?", unterbrach ihn Bodo. „Ja, mein Freund, dessen bin ich mir ganz sicher. Wir alle können das, aber das sagt uns kaum noch jemand, und wenn, dann wollen wir es oft nicht wahrhaben. Wir dürfen aber keine Wunder in Form von leuchtenden Erscheinungen oder sonstigem Firlefanz, wie du es ja gerne bezeichnest, erwarten, auch wenn sie nicht kategorisch ausgeschlossen sind. Aber diese Gnade verleiht der liebe Gott wohl nur an besonders Ausgewählte aus ganz bestimmten Gründen. Der geistige Kontakt mit all denen, die wir lieben und vermissen, ist uns allen dagegen jederzeit gegeben."

„Das was du mir da eben gerade verkündet hast, das ist ... nein, das wäre einfach zu schön um wahr zu sein, Bodo."

„Du fängst ja schon wieder damit an. Leg endlich deine Zweifel ab, Christian. Versuchen kannst du es wenigstens. Ich bin ganz sicher, dass es auch dir gelingen wird."

Christian nickte. „Ja, das werde ich auch, ganz bestimmt, Bodo. Lass mir aber bitte etwas Zeit, um das alles zu verarbeiten. Es ist ohnehin höchste Eisenbahn, endlich weiterzugehen, denn bis Hofburg ist es noch weit."

„Du hast alle Zeit der Welt, mein Freund. Aber jetzt müssen wir uns tatsächlich auf den Weg machen."

Kapitel 12:   Geistvolle Dialoge

Nachmittags erreichten sie in einer Talsenke einen idyllisch gelegenen Landgasthof. Sie nahmen auf einer der wuchtigen Holzbänke vor dem Gasthaus Platz. Ein überdimensionaler Sonnenschirm spendete wohltuenden Schatten vor der noch immer unerbittlich strahlenden Sonne, die sie den ganzen Tag über begleitet hatte. Auf der angrenzenden Wiese neben ihnen grasten ein paar Kühe und versuchten schwanzwedelnd die lästigen Fliegen zu vertreiben, die in einer dichten Wolke unentwegt um sie kreisten. Zwei junge Welpen vor ihnen balgten sich spielerisch um einen völlig zerknautschten Tennisball, den ihnen ihr Herrchen am Nebentisch zugeworfen hatte. Ein dicker rotbrauner Kater lag träge auf dem mit Wellblech gedecktem Dach eines kleinen Schuppens und schaute dem munteren Treiben fast teilnahmslos zu. Die beiden müden Wanderer ließen die Bürde den Gasthof weiter passieren, während sie sich dort eine

Käseplatte und einen Krug Bier gönnten. Christian taten die Füße weh. *Kein Wunder, schließlich sind das hier nur normale Schuhe, während zu Hause deine richtigen Wanderschuhe im Schrank stehen*, dachte er sich. Als er verstohlen unter dem Tisch die Schuhe wenigstens für die Dauer der Rast abzustreifen versuchte, gab ihm Bodo zu verstehen, dass er sie besser anlassen solle.

„An deiner Stelle würde ich das jetzt nicht tun, nicht solange wir noch weitermarschieren müssen", sagte er. „Das bringt dir zwar kurzfristig eine Erleichterung, aber hinterher drücken dich die Dinger umso heftiger und du handelst dir möglicherweise ein paar Blasen ein."

Christian nickte. „Ja, du hast sicherlich recht damit. Ich weiß es ja eigentlich selbst, aber ich habe im Moment nicht mehr daran gedacht. Man merkt halt, dass ich aus der Übung bin."

Schweigend genossen die beiden ihre Mahlzeit. Den ganzen Weg über hatte Christian über Bodos Worte nachdenken müssen, weil sie sein Weltbild merklich ins Wanken gebracht hatten. Daher griff er von sich aus das Gespräch wieder auf.

„Du siehst also Körper und Geist als zwei völlig voneinander unabhängige Einheiten an", sagte er.

Bodo, der gerade dabei war, den letzten Rest Bier auszutrinken, stellte den Krug ab und wischte sich mit der Hand über die Lippen. „Nein, das nicht, zumindest nicht, solange der betreffende Mensch am Leben ist, denn während dieser Zeit sind Körper und Geist innig miteinander verbunden. Ich möchte den Körper als eine Art äußerer und vergänglicher Hülle bezeichnen, die der Geist während dessen irdischer Existenz bewohnt und diese wieder verlässt, wenn der Mensch stirbt."

„Und der Geist, was geschieht dann mit dem, glaubst du?"

Bodo räusperte sich. „Nun, er existiert weiter."

„Aha, und wo, wenn ich fragen darf?"

„Das darfst du, Christian, auch wenn ich dir darauf leider keine befriedigende Antwort zu geben vermag, weil ich es selbst nicht weiß. Ich nehme an, dass der Geist keinen bestimmten Ort oder Raum braucht. Er ist überall und nirgends zugleich, etwa so, wie wir uns gedankenschnell und damit schneller als das Licht an jeden Ort begeben können. Ich glaube, mit Worten vermag das kein Mensch richtig zu beschreiben, selbst diejenigen nicht, die über Nahtoderlebnisse berichten. Ich nehme an, du hast schon davon gehört."

Christian nickte. „Ja, aber ich habe mich nie ernsthaft damit beschäftigt. Das sind doch weiter nichts als Hirngespinste oder Halluzinationen."

„Wie kannst du dir ein derartiges Urteil darüber erlauben, wenn du dich nicht damit auseinandergesetzt hast?", erwiderte Bodo. „Ich habe mich intensiv mit diesem Thema beschäftigt und viele Berichte und Bücher über Nahtoderlebnisse gelesen. Selbst Krankenhauspatienten, bei den seitens der Ärzte keinerlei Hirnfunktionen mehr festgestellt wurden, konnten nach einer OP detailliert über ihre Behandlung berichten und sogar von den Medizinern währenddessen geführte Gespräche wortgetreu wiedergeben. Aber die meisten Menschen gehen allem, was in irgendeiner Form mit dem Thema Tod und Sterben zu tun hat, aus dem Weg, gerade so, als könnten sie so diesem für jeden von uns unausweichlichen Schicksal entrinnen."

Christian, der sich sichtlich betroffen fühlte, erwiderte: „Das tue ich nicht, mein Freund, aber ich bin schon vor Jahren für mich zu dem Entschluss gekommen, wenn der Affe tot ist, geht die Klappe zu und alles ist vorbei."

Bodo musste unwillkürlich grinsen. „Klappe zu, Affe tot, meinst du wohl?"

„Genau mein Freund, zumindest bis zu unserem Gespräch heute Vormittag, aber jetzt ..."

„Selbst für den Affen würde ich das in Abrede stellen, aber bleiben wir erst einmal beim Menschen und einigen uns zumindest vorerst darauf, dass seine Seele im Jenseits, wo auch immer das sein mag, weiterexistiert. Einverstanden?"

„Einverstanden! Und was folgt dann, etwa das jüngste Gericht?"

„Nicht ganz, aber zumindest so etwas ähnliches. Wenn man den Nahtodberichten glauben darf, die übrigens ein hohes Maß an Übereinstimmung quer durch alle Nationen, Bevölkerungsschichten und Altersstufen aufweisen, dann zieht der Geist mit Unterstützung anderer Geister selbst eine Art Bilanz über sein letztes Leben. Ihm werden alle seine Fehler und Vergehen noch einmal in aller Deutlichkeit, das heißt, mit allen damit verbundenen Gefühlen und Empfindungen, auch von denjenigen, die zu Lebzeiten darunter zu leiden hatten, in einer Art Lebensfilm offenbart und er ...“

„Mal langsam, junger Mann, wenn ich das jetzt richtig verstanden habe, sitzt der Geist deiner Meinung nach nicht auf einem ´armer Sünder Bänkchen´ vor dem lieben Gott, sondern übt eine Art Selbstjustiz aus. Ist es so zu verstehen, Bodo?“

„Ja, aber es ist nicht meine Meinung, sondern ich gebe nur das wieder, was viele Menschen mit Nahtoderfahrungen erlebt haben. Sie berichten auch von einer Art Lebensplan mit speziellen Prüfungen und Aufgaben, den jeder Geist vor seiner Reinkarnation in einem menschlichen Körper erstellt.“

„Ein Lebensplan? Willst du damit etwa behaupten, unser Leben sei vorgeplant?“

„Es ist natürlich nicht bis ins kleinste Detail vorbestimmt, denn schließlich hat uns Gott ja den freien Willen gegeben. Aber wir werden entsprechend unserem Lebensplan zumindest mit einigen, für unsere Entwicklung offenbar wichtigen, Ereignissen und Schicksalsschlägen konfrontiert, die wir zu bewältigen haben, um so unseren Geist nach und nach bis zur höchsten Vollkommenheit nach göttlichen Maßstäben zu entwickeln."

„Bis zur göttlichen Vollkommenheit, sagst du. Und was bedeutet das?"

Bodo zuckte mit den Schultern und deutete einen Blick Richtung Himmel an. „Der da oben legt die Messlatte dafür an, Christian, und nur er kann darüber entscheiden, wann jeder von uns diesen Zustand erreicht haben wird. Aber die Faktoren, die hierfür maßgeblich sind, die kennt jeder Christ aus dem, was in der Kirche oder im Religionsunterricht verkündet wird. Das irdische Dasein ist sozusagen als Schule auf dem Weg zur Vollkommenheit zu verstehen und zu meistern, und die Disziplinen, die in dieser Lebensschule zu meistern sind, heißen beispielsweise Nächstenliebe, Friedfertigkeit, Verantwortungsbewusstsein und Selbstdisziplin, aber auch das Überwinden der eigenen Verletzbarkeit, der Anmaßung, der Wut und der Aggressionen anderer gegenüber. Man muss lernen, um Vergebung für seine eigenen Fehler zu bitten und anderen sogar das zu vergeben, was sie einem selbst angetan haben. Ich weiß, das ist für die allermeisten Menschen eines der größten Probleme, doch nur wer vergeben kann, ist in der Lage, sich nicht an andere zu fesseln und sich von Bösem freizumachen. Sogar die

Feindesliebe wird gefordert, zumal Feinde auch häufig verkannte Lehrmeister sein können. Feindesliebe ist natürlich nicht mit üblichen Liebesgefühlen gleichzusetzen, aber sie erfordert zumindest Nachsicht und das Vermeiden von Rachegefühlen, weil es nur so möglich ist, eine ansonsten endlose Kette der Gewalt zu unterbrechen. Auch Menschen in Not zu unterstützen gehört dazu, zumal der Dienst an Mitmenschen einem selbst hilft, die eigene Seele zu heilen und so zu Gott führt. Daher sollte man auch dann, wenn man selbst einer Hilfe bedarf, andere darum bitten. Auch Hilfe und Gutes zu unterlassen ist gleichbedeutend wie Böses zu tun. Man muss lernen, an den eigenen Fehlern permanent zu arbeiten und seine Schwächen in Stärken umzuwandeln. Nur so kann es gelingen, sich irgendwann von all seinen irdischen Ängsten zu befreien und hineinzuwachsen in Freiheit und Harmonie und damit in die Geborgenheit und das Glück, nach dem wir uns alle so sehnen. Außerdem ..."

„Stopp, Bodo", fiel ihm Christian ins Wort. „Bitte tu mir einen Gefallen und behalte den Rest für dich. Du hast gerade versucht, mir das Bild eines wahren Übermenschen an die Wand zu malen, also so einen, der völlig ohne Fehl und Tadel ist. Aber den gibt es auf der ganzen Welt nicht, jedenfalls ist mir in meinem Leben noch keiner über den Weg gelaufen."

Bodo grinste. „Weißt du auch warum nicht?"

Christian konnte sich ein Stöhnen nicht verkneifen und erwiderte: „Nein, aber ich fürchte, auch das wirst du mir gleich erklären."

„So ist es, mein Freund. Einer ganz ohne Fehl und Tadel, um bei deinen Worten zu bleiben, der hat es nämlich geschafft und braucht auch nicht mehr auf unserem, wie sagst du immer, beschissenen Planeten herumzulaufen und sich mit irdischen Sorgen und Problemen zu quälen."

„Und deshalb kann man hier unten auch keinen finden, meinst du?"

„Genau!"

„Au Backe, Bodo, ich fürchte, wenn das so ist, dann werde ich auf diesem Scheißplaneten noch einige Runden drehen müssen."

„Nicht du, oder besser gesagt nicht der Christian Stein", erwiderte Bodo, „aber sein ..."

„Geist, du wolltest doch jetzt sicher Geist sagen, oder?", unterbrach ihn Christian.

„Du hast es erfasst."

„Und wie ist es mit dir oder mit deinem Geist?"

Bodo konnte sich ein Grinsen nicht verkneifen. „Könnte durchaus sein, dass wir uns irgendwann irgendwo hier unten noch einmal über den Weg laufen."

„Wie schrecklich, nach dieser Theorie bleibt einem aber auch nichts erspart", seufzte Christian.

Bodos Antwort darauf kam wie aus der Pistole geschossen. „Das sehe ich genau so, alter Mann", sagte er.

Lachend verließen die beiden das Gasthaus und setzten ihren Weg in Richtung Hofburg fort.

Kapitel 13:   Heftige Auseinandersetzung

Am späten Nachmittag erreichten sie Hofburg. Sie hatten ihr Tagesziel, das in einem kleinen Talkessel lag, weitaus schneller erreicht als erwartet. Die Bürde lief in einem Bogen am Stadtkern des mittelalterlichen Städtchens vorbei. Die historische Altstadt versteckte sich hinter einer wuchtigen Stadtmauer, die noch recht gut erhalten war. Die Mauer umgab ein von den Burgherren als zusätzlicher Schutz gegen feindliche Eindringlinge angelegter Burggraben, über den eine Jahrhunderte alte Zugbrücke ins Ortszentrum führte. Von der eigentlichen Hofburg, dem Ursprung des Städtchens, waren nur noch ein runder Wehrturm und Teile der Außenmauern eines Herrschaftsgebäudes erhalten. Über verwinkelte schmale Gassen gelangten sie zum Marktplatz, der von kleinen Fachwerkhäusern mit meist schiefen und zum Teil einsturzbedroht wirkenden Außenwänden umsäumt war. In einem kleinen Lebensmittelgeschäft deckten sie sich mit ein paar Lebensmitteln für ihr Abendbrot und den morgigen Tag ein. Als sie wieder aus dem Ladengeschäft traten, sahen sie auf der gegenüberliegenden Seite des Marktplatzes einen älteren Mann auf dem Boden sitzen, der von drei jungen Männern umringt war, die ihn offensichtlich belästigten und ihm immer wieder seinen Filzhut, den er vor sich abgelegt hatte, laut grölend wegstießen.

„Elendes Dreckspack", schrie Christian und rannte quer über den Platz, um dem Alten zu helfen. „Lasst bloß den alten Mann in Ruhe und verschwindet auf der Stelle, ihr Penner", schrie er die drei Halbstarken an.

„Penner, der da ist ein Penner, und der hat hier nichts verloren, genau so wenig wie du", schleuderte ihm einer von ihnen, offenbar der Wortführer, entgegen und baute sich breitbeinig vor ihm auf. Ein ziemlich verwaschenes Shirt gab den Blick frei auf seine muskulösen und fast vollständig mit Tätowierungen verzierten Oberarme, die unverkennbar davon zeugten, dass er sicher keinem Streit gerne aus dem Weg ging. „Was fällt dir denn ein, dich hier einzumischen, du dämlicher alter Sack. Los, verpiss dich, bevor ich dir Beine mache."

Christian spürte, wie ihn die kalte Wut über diese drei Rotzlöffel in seinen Augen packte. „Was seid ihr bloß für ungehobelte Saukerle", brüllte er und machte einen Schritt auf den Wort-

118

führer zu. Im nächsten Moment warf ihn ein heftiger Faustschlag ins Gesicht zu Boden. Der Schlägertyp vor ihm trat einen Schritt zurück und forderte ihn mit einem provokativen Handwinken auf, sich wieder zu erheben. „Na los, steh endlich auf, damit ich dir deine dämliche Fresse polieren kann", sagte er, während sich seine beiden Kumpels diebisch über die willkommene Abwechslung zu freuen schienen und sich gegenseitig abklatschten. In diesem Moment stellte sich Bodo schützend vor Christian, was den Anführer zu einem spöttischen Grinsen veranlasste. „Was willst denn du hier, du halber Hahn. Mach schleunigst den Weg frei, sonst muss ich auch dir furchtbar wehtun, und das täte mir wirklich sehr leid, wo du doch so zart besaitet bist", sagte er, worauf sich seine beiden Kumpane lautstark lachend auf die Oberschenkel klopften.

Bodo schaute seinem Gegenüber mit festem Blick in die Augen, ohne eine Mine zu verziehen und schüttelte kaum merklich den Kopf. „Nein, das werde ich nicht. Ich bitte dich und deine Freunde höflich, diese beiden Männer hier nicht mehr länger zu belästigen."

„Habt ihr das gehört Freunde, er bittet uns höflich, zu gehen. Wollt ihr das?", erwiderte der Schlägertyp und drehte sich fragend zu seinen Kumpels um, die stumm ihre Köpfe schüttelten und nur mühsam ein Lachen zu verbergen suchten. „Also nicht", brummte der Anführer und schob nach:„Habt ihr etwa die beiden netten Herren hier belästigt?" Wieder erhielt er nur ein Kopfschütteln zur Antwort, worauf er sich Bodo zuwendete. „Wie du siehst, du Pappnase, verdächtigst du hier unbescholtene Bürger dieser Stadt und wirst dich dafür auf der Stelle bei uns, ich würde sagen mit einem kleinen Schmerzensgeld, entschuldigen. Einverstanden Freunde?", sagte er, worauf seine Begleiter grinsend nickten.

Doch Bodo blieb regungslos vor ihm stehen. „Nein, das werde ich nicht tun und ich bitte euch nochmals, euch friedlich zu verhalten."

„Soso, der Herr bittet uns, dass wir uns friedlich verhalten. Tun wir das denn nicht die ganze Zeit, meine Freunde?", blickte der Wortführer seine beiden Begleiter an, die ihm abermals zunickten. „Meint ihr denn, ich sollte ihn eines Besseren belehren?", schob er nach.

„Ja, ich finde, er hat eine Belehrung verdient", erwiderte einer der beiden, begleitet von brüllendem Gelächter des anderen.

„Du hast es gehört, du Pappnase, aber weil du es offenbar nicht hören willst, wirst du es jetzt fühlen müssen", sagte der Stiernackige zu Bodo, drehte sich scheinbar zur Seite und holte mit seiner Rechten zu einem gewaltigen Faustschlag aus. Doch der Schwinger in Richtung Bodos Gesicht wurde von dessen rechter Hand blitzartig gestoppt. Er umklammerte die Faust des Schlägers so fest, dass dieser sich vergeblich daraus zu befreien versuchte und statt dessen nun mit der Linken zu einem weiteren Schlag ausholte, den Bodo in gleicher Weise mit seiner anderen Hand stoppte und den Angreifer, dessen Fäuste wie in einem Schraubstock eingespannt schienen, scheinbar mühelos nach unten drückte und vor sich auf die Knie zwang. Dem jungen Kaplan waren weder eine Kraftanstrengung noch eine Erregung anzumerken, wie Christian mit Erstaunen feststellen konnte. „Versprichst du mir, damit endlich aufzuhören, wenn ich dich wieder loslasse?", fragte er.

„Los, mach schon", zischte der andere kaum hörbar, worauf ihn Bodo losließ.

Der Schläger rappelte sich wieder auf und rieb sich kurz die Fäuste. Dann versuchte er sich urplötzlich auf Bodo zu stürzen, der ihn in einer blitzschnellen Abwehrreaktion mit beiden Händen an seinem Shirt packte und sich dabei rücklings zu Boden gleiten ließ, um den Angreifer mit Armen und Beinen gleichzeitig über sich nach hinten zu katapultieren, so dass dieser mit dem Rücken heftig auf dem Boden krachte und vor Schmerzen laut aufschrie. Seine beiden Kumpane waren für einen kurzen Moment wie gelähmt. Dann hakten sie den Schlägertypen kurz entschlossen unter seinen Armen ein, zerrten ihn hoch und machten sich schleunigst mit ihm aus dem Staub.

„Alle Achtung, Bodo, das hätte ich dir nicht zugetraut", sagte Christian und klopfte dem jungen Mann anerkennend auf die Schulter. „Einen Gegner derart zu besiegen ohne ihn selbst anzugreifen, das kann weiß Gott nicht jeder. Das hat mir mächtig imponiert. Du machst wohl auch Kampfsport?"

Bodo schüttelte den Kopf. „Nein, oder besser gesagt, nicht mehr. Das ist schon ein paar Jahre her, aber ein paar Abwehrgriffe beherrsche ich zum Glück noch."

„Und zwar meisterhaft", schob der Ältere nach, der die ganze Zeit über wie angewurzelt auf einer Bank gesessen hatte. „Ich danke euch beiden sehr dafür, dass ihr mir Beistand geleistet habt."

„Ist doch selbstverständlich", erwiderte Christian und setzte sich neben ihn auf die Bank. „Der strahlende Held hier heißt Bodo. Ich bin sein Begleiter und heiße Christian."

„Und ich heiße Horst", sagte der Ältere und schüttelte seinen beiden Rettern kräftig die Hände zum Dank. „Nein, das ist keineswegs selbstverständlich, dass mir jemand hilft. Ich sitze sehr oft hier und werde zum Glück auch kaum belästigt oder angepöbelt, aber wenn, dann gehen die Leute einfach vorbei und tun so, als ob sie nichts gesehen hätten. Doch so heftig wie heute war es offen gestanden noch nie. Ich hatte große Angst vor den drei Streitsüchtigen, obwohl sie sich sonst eigentlich immer nur über mich lustig machen und ein paar derbe Scherze mit mir erlauben. Handgreiflich sind sie bisher aber noch nie geworden. Ich glaube, dass wäre auch heute nicht passiert, wenn du ..." Er hielt mitten Im Satz inne und winkte ab.

Christian sah ihn erstaunt an. „Wenn was, Horst?"

„Na ja, tut mir leid, wenn ich das so sage, aber völlig unschuldig daran bist du leider nicht, Christian", bekam er zur Antwort.

Christian wirkte wie vor den Kopf geschlagen. „Wie bitte, das ist doch wohl nicht dein Ernst? Ich wollte dir doch nur helfen."

„Natürlich wolltest du mir helfen. Das finde ich auch richtig und lobenswert, aber ..."

„Aber was? Los, sag schon", unterbrach ihn Christian.

„Lass mich es bitte erklären, Horst", klinkte sich Bodo in die Unterhaltung ein und sah Christian an. „Du hast sie mit deinen abwertenden Bemerkungen wie elendes Dreckspack, Penner und ungehobelte Saukerle provoziert, natürlich unbewusst, aber doch. Und so haben sie sich selbst angegriffen gefühlt und geglaubt, sie müssten sich entsprechend zur Wehr setzen."

Horst nickte zustimmend.

Fassungslos schüttelte Christian den Kopf. „Vielen Dank für deine warmen Worte, mein

Freund. Mich trifft also deiner Meinung die Schuld an diesem Vorfall."

„Nein, das behaupte ich doch überhaupt nicht. Du hast dich aber der gleichen Wortwahl bedient wie diese drei Typen, wenn sie jemanden attackieren und darauf hoffen, dass der genau so darauf reagiert wie du eben, um dann guten Gewissens eine Prügelei anzetteln zu können."

Christian wollte zuerst etwas darauf erwidern, doch dann schüttelte er erneut den Kopf und seufzte mit einem sarkastischen Unterton: „Schon gut, schon gut, Herr Kaplan, in Demut und Reue bekenne ich meine Sünden."

Bodo grinste ihm aufmunternd zu. „Das finde ich schön, dass du den alten Spruch, den man früher im Beichtstuhl immer aufsagen musste, noch drauf hast. Ich kann darauf nur spontan erwidern: Herr vergib ihm, denn er wusste nicht, was er tat!"

„Von jetzt an bis in Ewigkeit, Amen!", schob Christian hinterher.

Bodo schien sich köstlich über diese Bemerkung zu amüsieren, setzte gleich darauf jedoch eine ernste Miene auf und erwiderte: „Oh nein, das könnte dir so passen. Die Vergebung gilt natürlich nur für dieses eine Mal."

„Und damit steht es zwischen den beiden Kontrahenten eins zu eins", wendete Horst lachend ein. „Nun lasst es mal gut sein mit dem Streiten. Für heute habe ich jedenfalls genug davon. Ich bin euch wirklich sehr dankbar für eure Hilfe und würde euch sehr gerne einen ausgeben, aber ich fürchte, dafür reicht es nicht ganz", sagte er und wühlte dabei mit beiden Händen in seinen Hosentaschen. Doch er konnte nur ein paar Münzen zu Tage fördern. „Man merkt halt, dass die Ferienzeit zu Ende ist", seufzte er, „es sind nicht mehr so viele Urlauber hier in der Gegend. Das wirkt sich leider auch auf meine Einnahmen aus." Er lachte über die verdutzten Gesichter seiner neuen Bekannten und fuhr fort: „Ich glaube, es ist nicht schwer für euch zu erraten, dass ich ein ..." Er zögerte einen kurzen Moment. „Wie heißt es noch offiziell ... ach ja, ein so genannter Randständiger bin. Ein Penner eben, der irgendwo mit dem Hut vor sich herumlungert und darauf hofft, dass ihm die Passanten ein paar Münzen hineinwerfen."

„Das haben wir uns schon gedacht, Horst", erwiderte Christian, „und deshalb würden wir deine Einladung auch nicht annehmen, selbst wenn dein Hut oder deine Taschen randvoll gewesen wären. Ich habe aber einen anderen Vorschlag zu machen, weil ich ja, wie du von Bodo gehört hast, Schuld an dieser Misere eben bin."

„Mitschuld, wirklich nur eine Mitschuld", korrigierte ihn Bodo.

„Allenfalls eine winzig kleine, finde ich", ergänzte Horst.

Christian lachte. „Vielen Dank, meine Herren Verteidiger, aber darf ich jetzt mal ausreden?"

Ohne eine Antwort abzuwarten fuhr er fort. „Bodo und ich haben gerade eben etwas zu essen und zu trinken für uns beide eingekauft. Das reicht sicherlich auch für ein friedliches Abendmahl mit dir. Wir brauchen nur ein ruhiges Plätzchen, um unser Zelt für die Nacht aufschlagen und ein kleines Feuer machen zu können. Kannst du uns da vielleicht einen Tipp geben?"

Horst nickte. „Aber sicher doch. Etwa zweihundert Meter von hier gibt es in einem kleinen Waldstück eine Quelle. Dort könnt ihr ungestört zelten. Zum Essen bleibe ich natürlich gerne bei euch. Was gibt es denn Gutes, habt ihr Grillwürstchen dabei? Ich liebe Grillwürstchen, müsst ihr wissen. Na dann kommt mal mit."

Christian schaute Bodo mit fragenden Blicken an. Der räusperte sich kurz und erwiderte: „Klar haben wir Grillwürstchen, aber geht ihr doch schon mal ein kleines Stückchen voraus, denn ich habe noch was im Geschäft vergessen und bin sofort zurück." Ein paar Minuten später hatte er die zwei wieder eingeholt.

„Hast du ...?", flüsterte ihm Christian zu.

Bodo nickte.

„Wie viele?"

„Drei Stück!"

„Drei, aber warum denn für jeden von uns nur ein Würstchen?"

„Nein, Christian, drei für ihn. Für uns gibt es vegetarische Wurst und Käse."

Christian seufzte. „Wie immer, aber ich sehe ein, dass ich diese Strafe wohl verdient habe."

„Selbsterkenntnis ist der beste Weg zur Besserung", erwiderte Bodo grinsend.

Kapitel 14: Abendmahl

Während Christian und Bodo das Zelt aufschlugen, sammelte Horst etwas Holz für ein Feuer, über dem Bodo die Würstchen grillte. Der wohl vertraute Duft stieg Christian in die Nase, aber er ließ sich nichts anmerken und belegte ein paar Brötchen mit vegetarischer Wurst und Käsescheiben. Horst griff sofort zu, als Bodo ihm ein Brötchen mit Grillwurst auf einem Pappteller reichte. Im Nu war der Teller leer. Wortlos legte Bodo ihm ein weiteres Würstchen auf den Teller.

„Aber nein, die beiden sind doch für euch", wehrte er ab.

„Nein Horst", sagte Christian. „Wir beide sind überzeugte Vegetarier. Die Würstchen sind alle für dich.

„Wirklich, seid ihr sicher?"

„Ganz sicher", erwiderte Bodo und grinste schelmisch dabei.

„Oh Mann, da sage ich natürlich nicht nein. Ich bekomme zwar auch mal eine Bratwurst spendiert, aber das ist leider nicht oft der Fall. Vielen Dank noch mal", sagte Horst und biss genüsslich in sein zweites Würstchen. „Wie lange esst ihr denn schon keine Wurst mehr?"

„Mmh", brummte Christian und kratzte sich am Kopf, „lass mich mal nachdenken. Ich kann mich leider nicht mehr so genau daran erinnern, aber es ist schon verdammt lange her."

Bodo konnte sich erneut ein Grinsen nicht verkneifen. „Glaub ihm kein Wort, vor drei Tagen wusste er noch nicht einmal, dass es vegetarische Wurst gibt."

Christian bemühte sich, eine strenge Miene aufzusetzen. In Richtung Horst gewandt sagte er: „Er ist ein elender Verräter, was soll´s. Aber wie bist du denn eigentlich zum ..." Er brach seine Frage mitten im Satz ab. Man sah ihm an, wie er förmlich nach passenden Worten rang.

„Wie und warum ich zum Penner geworden bin, das willst du doch sicher fragen", führte Horst den Satz für ihn zu Ende.

„Ja, äh nein, ich meine, das Wort Penner würde mir bei dir niemals über die Lippen kommen."

„Aber bei den drei Streithähnen vorhin hattest du damit kein Problem", bemerkte Bodo.

„Ja, aber das ist doch etwas völlig anderes."

„Kein Problem für mich, ich meine der Ausdruck Penner, denn so habe ich solche Typen wie mich früher selbst auch gerne bezeichnet."

Christian warf Horst einen erstaunten Blick zu und fragte: „Früher, was meinst du denn damit?"

„Na ja, mein Vorleben halt."

„Dein Vorleben? Ich glaube, das musst du uns etwas näher erklären", erwiderte Bodo.

Horst schlang den letzten Rest des dritten Würstchens hinunter, wischte sich die fettigen Finger einfach an seiner Jeanshose ab und begann zu erzählen. Er sei bis vor zirka zehn Jahren bei einem Pharmakonzern beschäftigt gewesen. „Ich habe einen Doktortitel in Chemie und dazu noch ein Diplom als Biologe, ideale Voraussetzungen also, um in so einem Laden Karriere machen zu können. Ich war dort in der Sparte Forschung und Entwicklung beschäftigt und bereits Abteilungsleiter. Ich habe richtig gut Geld verdient damals, und trotzdem nicht genug", sagte er mit einem verächtlichen Unterton und fuhr fort. „Ich war Zeit meines Lebens eigentlich immer genügsam, aber meine damalige Frau hat sich auf meine Kosten ein schönes Leben gemacht und das Geld mit vollen Händen ausgegeben. Und sie wollte immer noch mehr und hat mich immerzu bedrängt, die Karriereleiter so schnell es geht noch weiter hochzuklettern, immer weiter, immer weiter." Er schüttelte den Kopf und schwieg für ein paar Sekunden. „Wir haben viele Tierversuche machen müssen, um für neu entwickelte Medikamente eine Zulassung zu bekommen. Zigtausende Versuchstiere, Mäuse, Ratten, Kaninchen und andere haben wir im Namen der Wissenschaft auf dem Gewissen. Die Tiere haben zum großen Teil qualvolle Schmerzen dabei erleiden müssen. Doch wie fragwürdig ist das alles, ich meine die Übertragung von Tierexperimenten auf den menschlichen Organismus? Irgendwann konnte ich es einfach nicht mehr länger mit meinem Gewissen vereinbaren und habe darum gebeten, mir eine andere Aufgabe im Konzern zuzuweisen. Aber als ich den Bossen zu erklären versuchte warum, bin ich auf völliges Unverständnis gestoßen. Man hat mir damals nahe gelegt, entweder unverändert weiterzumachen oder mir einen anderen Arbeitgeber zu suchen. Das habe ich auch getan und sogar etwas Passendes für mich gefunden, als Leiter der Qualitätssicherung in einem mittelständischen Unternehmen aus der Lebensmittelbranche. Allerdings hätte ich dort kaum mehr als die Hälfte von dem verdient, was mir die Pillendreher zusteckten. Doch als ich es meiner Frau zu erklären versucht habe, hat sie eiskalt erklärt, dass sie dafür nicht das geringste Verständnis hätte. Sie hat dann wortlos ein paar Klamotten zusammengepackt und sich den Wagenschlüssel geschnappt. Als ich sie gefragt habe, was das bedeuten soll, hat sie nur verächtlich gelacht und mir gesagt, dass sie sich von mir trennen werde.

Als sie die Wohnung verließ, hatte ich ihr noch nachgerufen: Wohin willst du denn jetzt gehen? Sie hat sich noch einmal nach mir umgedreht, mich von oben bis unten herablassend gemustert, und dann erwidert: Jetzt kann ich es dir ja sagen, ich gehe zu Sven. Übrigens nicht zum ersten Mal, wir beide haben schon zwei Jahre eine Beziehung. Dann hat sie sich in den Wagen gesetzt und ist einfach losgefahren. Ich war damals wie vor den Kopf geschlagen."

„Und wer ist Sven?", fragte Christian.

Horst lachte verächtlich. „Sven ist, nein, Sven war ein Kollege von mir. Ein promovierter Ingenieur, ein karrieregeiler Frauentyp, der als Produktionsleiter dort bereits auf dem nächsten Sprung nach oben war. Das hat mir damals den letzten Rest gegeben. Ich habe daraufhin meinen Job beim Konzern kurzfristig gekündigt, ohne die neue Stelle gleich anzunehmen. Ich wollte erst einmal in Ruhe alles verkraften. Das war natürlich ein Riesenfehler. Ich habe mich dann immer mehr gehen lassen und auch angefangen zu trinken. Als ich nach Monaten wieder halbwegs zu Besinnung kam, war die neue Stelle natürlich längst an einen anderen vergeben worden. Meine berufliche Vita wies somit eine unverzeihlich große Lücke und zu viele Fragezeichen auf, um in meinem Alter noch eine adäquate Alternative zu finden. So bin ich dann immer weiter abgerutscht und eines Tages hier auf der Straße gelandet. Doch dann ..."

Bodo und Christian hatten instinktiv gespürt, dass es Horst gut tat, sich einmal richtig auszusprechen und ihn daher auch nicht unterbrochen. Doch Christian, der zumindest ansatzweise einige Parallelen zu seinem Schicksal zu erkennen glaubte, konnte sich jetzt nicht mehr länger zurückhalten. Er unterbrach Horst und sagte: „Ich kann sehr gut nachvollziehen, was du alles durchgemacht hast und es tut mir wirklich sehr leid für dieses traurige Schicksal, das dich ereilt hat."

„Nein Christian", wendete Horst ein, „das ist kein trauriges Schicksal. Ganz im Gegenteil, denn ich habe dadurch letztlich mein Glück gefunden."

Christian starrte ihn ungläubig an. „Wie bitte, du hast dein Glück dadurch gefunden?"

Horst nickte. „Oh ja, es war das Beste, was mir überhaupt passieren konnte."

„Aber ... entschuldige bitte, du lebst doch jetzt praktisch auf der Straße, von der Hand in den Mund sozusagen", erwiderte Christian.

„Ja und Nein! Na ja, ich bin zwar tagsüber ein paar Stunden auf der Straße und hoffe, von Passanten ein bisschen Geld zu bekommen, damit ich meine Partnerin und alle unsere Kinder durchfüttern kann, aber abends bin ich immer bei ihnen zu Hause."

„Du, du hast ein Zuhause ... und auch Frau und Kinder?", fragte Bodo erstaunt.

Horst lachte. „Natürlich, aber nicht so, wie ihr euch das jetzt vielleicht vorstellt. Es ist ein ausgedienter Bauwagen, der in einem stillgelegten Steinbruch hier ganz in der Nähe steht. Nur ein paar Quadratmeter, die ich mir mit Inge, so heißt meine Partnerin, teile. Ich habe Inge eines Tages von der Straße weggeholt und mitgenommen, weil sie völlig fertig war. Wir leben seitdem zusammen und teilen uns mit ein paar von unseren Kindern nachts den Schlafplatz im Bauwagen, insbesondere wenn es draußen kalt ist. Aber alle können wir natürlich nicht dort unterbringen. Ich habe ihnen daher im Steinbruch ein paar Schlafhöhlen gegraben und mit Stroh ausgelegt, sodass sie es dort auch über Winter ganz gut aushalten können."

Christian blickte Bodo verstohlen von der Seite an und versuchte heimlich, ihm einen Vogel in Richtung Horst anzudeuten. Doch der schien es trotzdem bemerkt zu haben.

„Keine Angst, ich bin nicht verrückt", sagte er, „aber wenn ich Kinder sage, dann meine ich damit unsere Tiere, also Hunde, Katzen, Vögel, Enten oder auch Gänse. Praktisch jede Art von Kleinvieh also, das die Leute zu mir bringen, wenn sie es irgendwo gefunden haben oder loswerden wollen, aber auch, wenn die Tiere krank und gebrechlich sind. Ich bin hier in der Gegend als eine Art Doktor für das liebe Kleinvieh bekannt, natürlich nicht offiziell, aber die Leute ha-

134

ben im Laufe der Jahre zunehmend Vertrauen zu mir entwickelt und kommen daher gerne zu mir, vielleicht auch, weil ich kein Geld dafür verlange. Natürlich nehme ich von ihnen auch gerne etwas an, aber ich kassiere kein Honorar. Oft bringen uns die Menschen auch etwas zu essen und zu trinken für uns und unsere Tiere mit, die uns wie Kinder ans Herz gewachsen sind. Manche geben ihre Tiere auch bei mir zur Behandlung ab und kommen einfach nicht mehr wieder, um sie abzuholen. Na ja, dann adoptieren Inge und ich sie halt. Wir haben sicherlich ein paar Dutzend Adoptivkinder mittlerweile. So kann ich diesen Tieren wenigstens etwas an Liebe und Fürsorge geben, was mir bei den Versuchstieren beruflich leider nicht erlaubt war. Ich bin jedenfalls sehr glücklich mit meinem jetzigen Leben und möchte es um kein Geld der Welt gegen meine Vergangenheit tauschen. Und ich bete inständig zum lieben Gott, dass ich damit wenigstens einen Teil von dem wiedergutmachen kann, was ich früher falsch gemacht habe." Dann schwieg er für ein paar Sekunden, schaute Christian und Bodo an und ergänzte: „So, jetzt wisst ihr, wie und warum ich ein Penner geworden bin."

Seine beiden Gesprächspartner senkten sichtlich betreten ihre Blicke zu Boden und schwiegen für ein paar Sekunden.

„Das war eine sehr bewegende Geschichte, Horst, und als ein Mann der Kirche freut es mich natürlich ganz besonders, wie du dein Leben im Glauben an Gott in den Griff bekommen hast", versuchte Bodo das Gespräch wieder in Gang zu bringen.

Horst nickte. „Oh ja, Bodo, ich bin ihm auch sehr dankbar dafür, dass er mir dieses zweite Leben geschenkt hat, das ich jetzt mit Inge führen darf."

Mit dieser Bemerkung hatte er Christians Neugier erneut geweckt. „Glaubst du denn auch an ein Weiterleben nach dem Tod?", fragte er.

„Nicht nur das, Christian, ich bin mir dessen sogar ganz sicher, seitdem ich Inge kenne."

„Und wieso, wenn ich dich das fragen darf?"

„Du darfst, aber dann muss ich euch auch noch etwas über Inges Erlebnis erzählen. Sie hatte vor Jahren eine schwere Operation an der Schilddrüse und dabei gab es Komplikationen mit der Folge, dass sie wohl für kurze Zeit ins Koma gefallen war. Sie sagte mir, etwas von ihr sei irgendwann aus ihrem Körper ausgetreten und an die Decke geschwebt. Sie habe sich dann selbst auf dem OP-Tisch liegen und die Ärzte an ihr herumhantieren sehen. Dann sei sie in eine Art Tunnel gezogen worden und mit atemberaubender Geschwindigkeit in Richtung eines strahlend hellen Lichtes nach oben geschwebt, das eine grenzenlose Liebe ausgestrahlt habe. Dort sei sie dann in einer unbeschreiblich schönen Landschaft von verstorbenen Freunden, Verwandten und Bekannten empfangen worden und habe eine Art Film über wichtige Situationen und Ereignisse ihres bisherigen Lebens gesehen, aber nicht nur in Bildern, sondern mit den damit verbundenen Gefühlen und Empfindungen, sowohl von ihr als auch von allen dabei Beteiligten. Sie habe so alle ihre Fehler erkennen können und diese zutiefst bereut. Sie wäre am liebsten für immer dort geblieben, doch das Licht habe ihr zu verstehen gegeben, dass ihre Aufgaben hier auf der Erde noch nicht alle erfüllt seien und dass sie daher jetzt wieder dorthin zurück müsse. Kurz darauf ist sie dann im Krankenhaus wieder aus dem Koma erwacht. Sie wollte mit den Ärzten und Pflegern darüber sprechen, aber die hätten sehr merkwürdig darauf reagiert und es als Halluzinationen bedingt durch die Betäubungsmittel und Medikamente zu erklären versucht. Auch einige Verwandte und Bekannte hätten versucht, das ganze Erlebnis als ein Hirngespinst abzutun. Das habe sie dann völlig aus der Bahn geworfen. Als ich sie dann eines Tages traf, hat sie mir in einer schwachen Stunde davon erzählt und hinterher schreckliche Angst gehabt, dass auch ich sie für verrückt erklären würde. Aber zum Glück habe ich mich schon immer für spirituelle Themen interessiert und daher auch einige Bücher über Nahtoderfahrungen gelesen. Als ich ihr davon erzählt habe, war sie sehr dankbar für mein Verständnis und für meine diesbezüglichen Erklärungen. Ich war wohl der Erste, der ihre Geschichte richtig Ernst genommen hat. Tja, und seitdem sind wir beide ein Paar, ein glückliches wohlgemerkt, weil wir beide unsere Lebensaufgabe und damit den wahren Sinn unseres Lebens endlich gefunden haben, nach dem wir beide zuvor vergeblich gesucht hatten."

Bodo sah Christian, der Horst die ganze Zeit über mit gesenktem Kopf zugehört hatte, an, wie tief bewegt er von dieser Erzählung war.

Christian hob den Kopf, blickte zuerst Horst und dann Bodo in die Augen und sagte: „Ihr glaubt also beide daran, dass es weitergeht, nach dem Tod meine ich." Er bekam ein stummes Nicken als Antwort. „Also gut, nehmen wir mal an, es wäre so, dass der Geist den körperlichen Tod eines Menschen überlebt. Dann stellt sich für mich aber auch die Frage, ob das gleichermaßen auch für Tiere oder gar für Pflanzen gilt, denn schließlich haben die ja auch einen Körper, der irgendwann mal stirbt."

„Richtig", pflichtete ihm Bodo bei. „Wir beide hatten ja schon über Medien gesprochen, ich meine damit Menschen, die die Gabe haben, mit anderen Geistwesen in Kontakt zu treten und Botschaften zu grundsätzlichen spirituellen Fragen von ihnen zu empfangen?", ergänzte er zur Erläuterung für Horst. Zu Christian gewandt sagte er: „Ich weiß, dass du noch immer sehr skeptisch diesbezüglich bist, aber bitte lass mich trotzdem dazu bitte etwas Wichtiges sagen." Bodo erklärte ihnen zunächst, dass er sich während seines Theologiestudiums unter anderem auch mit diesem Thema intensiv auseinandergesetzt habe, obwohl es in dieser Form nicht Gegenstand von Vorlesungen gewesen sei. „Ich habe eigentlich schon immer versucht, über den Tellerrand der reinen Kirchenlehre hinauszublicken", sagte er, „und es gibt viele unterschiedliche Bücher hierüber, in denen ich sehr oft stimmige und schlüssige Übereinstimmungen zu grundsätzlichen Fragen gefunden habe, die mich darin bestärken, dass das nicht alles falsch oder erfunden sein kann. Man kann natürlich alles in Zweifel ziehen, aber damit hat man dennoch keinen Gegenbeweis dafür erbracht."

„Genau so wenig, wie man alles für bare Münze nehmen sollte, was einem in Wort und Schrift so alles angeboten wird", warf Christian ein.

Bodo warf ihm einen missbilligenden Blick zu und berichtete weiter über mediale Botschaften, nach denen alle Lebewesen über einen Instinkt verfügen, den sie gleichermaßen zum Schutz beziehungsweise zur Erhaltung ihres Lebens benötigen. „Der Mensch verfügt darüber hinaus aber auch über eine Intelligenz oder mit anderen Worten über die Fähigkeit, logische Schlussfolgerungen aus Ereignissen oder Sachverhalten zu schließen", erklärte er. „Während eine Pflanze oder ein Tier rein instinktiv auf eine bestimmte Situation reagiert, hat der liebe Gott den Menschen zusätzlich noch einen freien Willen und Vernunft mit in die Wiege gelegt. Ich sollte vielleicht besser Verstand als Vernunft sagen, denn die Vernunft kann durch schlechte Erziehung oder schlechte Angewohnheiten auch zur Unvernunft degenerieren. Alle Geister, also nicht nur diejenigen, die in einem menschlichen Körper inkarniert sind, wurden von Gott als intelligente Wesen erschaffen, wobei die geistige Welt bereits vor der stofflichen oder körperlichen Welt existiert hat. In jedem Geistwesen sind die göttlichen Gesetze einprogrammiert, um es mal anschaulich auszudrücken. Gott hat allen Geistwesen grundsätzlich die gleichen Voraussetzungen mitgegeben, um eine Art Schule des Lebens bis zu einer ethisch-moralischen Vervollkommnung bestehen zu können."

„Einspruch", unterbrach ihn Christian, „denn wenn dem tatsächlich so wäre, dann müssten doch alle spätestens nach ein paar Inkarnationen hier auf der Erde mit einem Heiligenschein herumlaufen."

Bodo schüttelte den Kopf. „Nur dann, wenn alle die göttlichen Vorgaben auch uneingeschränkt annehmen und sich dementsprechend verhalten würden. Das ist aber leider nicht der Fall. Erinnere dich bitte an den freien Willen, den er uns mitgegeben hat, und der lässt uns allen die Wahl zum Guten, aber auch zum Schlechten. Die meisten Menschen hier auf der Erde, oder besser gesagt ihr Geist, haben seit ihrem Bestehen wohl häufiger eine falsche Wahl getroffen und dagegen verstoßen. Soweit ich die medialen Botschaften verstanden habe, ist die irdische Existenz von Geistwesen offenbar auf einer relativ niedrigen Stufe anzusiedeln. Die meisten von uns müssen wohl noch Schuld aus vergangenen irdischen Existenzen tilgen. Man könnte das menschliche Leben daher auch als geistige Schule bezeichnen, die wir nur dann erfolgreich bestehen können, wenn wir unsere Schuld umfassend gesühnt und alle für uns bestimmten Lebensaufgaben erfolgreich gemeistert haben."

Christian und Horst hatten Bodos Erläuterungen interessiert zugehört. Während Horst die Ausführungen des jungen Mannes hin und wieder mit einem zustimmenden Nicken kommentierte, spürte man, wie sich in Christian erneut ein Drang nach Widerspruch Platz zu schaffen versuchte. „Und wo sind die Lehrer? Ich meine, jede Schule braucht doch Lehrer, um ihre Aufgaben zu erfüllen."

„Natürlich Christian", erwiderte Horst, „aber meines Erachtens gibt es sie auch hier auf der Erde, wenn ich beispielsweise an berühmte Vorbilder wie Mutter Theresa oder an Albert Schweitzer oder meinetwegen auch an den Dalai Lama denke, um nur mal drei zu nennen. Aber es dürfte auch meiner Meinung nach schon deutlich mehr davon geben, um alle Probleme und Aufgaben auf diesem Planeten bewältigen zu können."

Bodo nickte. „Du hast gerade drei herausragende Persönlichkeiten genannt, Horst, die unumstritten sind, bei den meisten Menschen jedenfalls. Aber es gibt zum Glück sehr viel mehr davon hier unten, wenn auch meist in einer etwas bescheideneren Form." Er zögerte für einen kurzen Moment und fuhr dann fort. „Ich sollte sie vielleicht besser als Vorbilder mit einer geringeren Ausstrahlung und Auswirkung bezeichnen, ohne damit ihre Bedeutung schmälern zu wollen. Um es noch etwas anders auszudrücken, ich meine damit jeden Menschen, der seinen Lebensinhalt nicht ausschließlich darin sieht, nur seine Vorteile zu suchen und es sich auf Kosten und zu Lasten anderer gut gehen zu lassen, sondern der seine Stärken und Möglichkeiten nutzt, um anderen bei Bedarf uneigennützig zu helfen. Das kann beispielsweise jemand sein, der einen schwer kranken Angehörigen oder Behinderten liebevoll betreut und pflegt, oder jemand, der sein eigenes Leben aufs Spiel setzt, um einen anderen zu retten." Wieder schwieg er für ein paar Sekunden und schaute Horst dabei an. „Oder jemand, der sich, anstatt einer möglichen beruflichen Karriere hinterherzulaufen, liebevoll um alte und kranke Tiere kümmert", fuhr er schließlich fort.

Christian erwiderte darauf: „Er meint dich, Horst, und er hat vollkommen recht damit. Bodo

142

und auch ich ziehen dafür den Hut vor dir, und ich werde mir wohl angewöhnen müssen, mit voreiligen und abwertenden Begriffen wie Penner oder Pack wesentlich vorsichtiger umzugehen."

Man sah Horst an, wie sehr er berührt war von dieser positiven Einschätzung seiner neuen Freunde ihm gegenüber. Dennoch wehrte er ab. „Vielen Dank für die Blumen, aber ich bin kein Vorbild, schon gar nicht ein leuchtendes. Ich versuche nur, die Fehler, die ich früher gemacht habe, soweit als möglich wettzumachen."

„Eben drum", erwiderte Bodo. „Du bist jedenfalls auf dem richtigen Weg, und wenn ich das noch ergänzen darf, du wirst offenbar schon zu Lebzeiten dafür belohnt, allerdings weniger in Euro, sondern in Form von Liebe und Dankbarkeit deiner Schützlinge, und auch in Form von Respekt und Anerkennung durch deine Mitmenschen."

„Wenn man mal von den drei Chaoten eben absieht", warf Christian ein.

Horst schüttelte den Kopf. „Das ist zum Glück eher die Ausnahme", sagte er. „Wenn ich das mal mit meinem privaten und beruflichen Vorleben vergleichen darf, habe ich dort viel mehr aggressive und heimtückische Attacken erlebt, wenn auch nicht in körperlicher, sondern in seelischer Hinsicht. Jeden Tag eigentlich, und das hat mich weitaus mehr belastet und verletzt als das rüpelhafte Verhalten von den drei unreifen jungen

Männern eben. Ich würde jedenfalls um kein Geld der Welt mein jetziges Leben wieder aufgeben wollen. Doch ich habe bei unserer interessanten Unterhaltung völlig die Zeit vergessen und muss jetzt schleunigst nach Hause ...“

„Wo Frau und Kinder schon sehnsüchtig auf mich warten“, fuhr Christian für ihn fort.

„So ist es, und ich bin glücklich darüber“, erwiderte Horst, was ein strahlendes Lächeln auf seinem Gesicht eindrucksvoll bestätigte.

„Ich beneide dich darum“, erwiderte Christian. „Wir beide wünschen dir jedenfalls, dass du noch lange dein Traumleben weiterführen kannst.“

„Vielen Dank und auf Wiedersehen. Ich wünsche euch noch viel Spaß auf eurer Wanderung.“

„Warte mal, Horst, wir haben noch etwas Wurst und Käse übrig, allerdings nur Vegetarisches. Drei Brötchen sind auch noch übrig. Die kannst du gerne mitnehmen, und grüße bitte deine Partnerin unbekannterweise von uns“, sagte Bodo und drückte ihm eine Papiertüte in die Hand.

„Danke, das mache ich gerne, und wenn ihr wieder mal hier in der Gegend seid, dann kommt uns doch bitte mal in unserem Steinbruch besuchen.“

„Und was essen wir zwei morgen früh?“, fragte Christian, nachdem sich Horst von ihnen verabschiedet hatte.

Bodo grinste. „Ich sorge schon dafür, dass du nicht verhungern wirst, alter Mann. Ich lade dich morgen zum Frühstück ein. Und hinterher kaufen wir neuen Proviant, einverstanden?"

„Na klar, wenn du bezahlst. Aber lass uns jetzt schlafen gehen. Ich bin müde."

Kapitel 15: Fundstück

Am nächsten Morgen bauten Christian und Bodo zeitig das Zelt ab und gingen nach Hofburg zurück, um dort zu frühstücken und einzukaufen, bevor sie das Städtchen wieder verließen, um ihrem Weg in Richtung Bürdenmündung weiter zu folgen. Die Nacht im Zelt war recht kühl gewesen, sodass sie unbewusst ihr Schritttempo erhöhten, um die Kälte zu vertreiben, die insbesondere Christian noch in den Knochen steckte. Wieder hatte ein leichtes Nebelband den Weg sowie die Felder und Wiesen ringsum in hauchzarte Watte verpackt. Sie wechselten nur ab und zu ein paar Worte miteinander und hingen ansonsten ihren Gedanken nach, die sich bei Christian noch immer um das Gespräch mit Bodo und Horst über grundlegende existenzielle Fragen drehten. Erst als der Weg aus dem offenen Tal in das Waldstück vor den Bürdenfällen führte, nahm er seine Umgebung wieder bewusst war. Er bat Bodo, ihm die Trinkflasche zu reichen und setzte sich auf einen Stapel Holzstämme, die neben dem

Weg lagen. „Lass uns hier bitte eine kurze Verschnaufpause machen, nur ein paar Minuten, denn mir tun die Füße in diesen verdammten Schuhen weh. Wenn das so weitergeht, werde ich mir garantiert noch ein paar Blasen an den Fersen einhandeln. Mit richtigen Wanderschuhen wäre das nicht passiert, aber meine stehen ja leider ungenutzt zu Hause im Schrank“, seufzte er. „Ich möchte auch gerne mit dir nochmals über unser Gespräch gestern Abend reden und dich fragen, wie du ...“ Doch Bodo winkte ab und signalisierte ihm zu schweigen, „Was ist denn los?“, fragte er.

„Hörst du das denn nicht?“

„Nein, was denn?“

„Ein leises Winseln, wie von einem Hund.“

„Aber ich sehe hier keinen Hund, Bodo.“

„Ich ja auch nicht, aber ich glaube es kommt von dort drüben“, sagte der und deutete in Richtung eines weiteren Holzstapels auf der gegenüberliegenden Seite des Weges. „Warte, ich schaue mal nach.“ Er ging um den Stapel herum, bückte sich und winkte Christian zu sich. „Schau dir das bloß mal an“, sagte er und legte sich flach auf den Boden, um unter dem Stapel einen kleinen, braun weiß gefleckten Hund hervorzuziehen, der an allen Gliedern zitterte und kläglich winselte. „Der arme Kerl war mit diesem Stück Seil um seinen Hals an einem Stamm angebunden und konnte sich kaum bewegen. Halte ihn bitte mal fest, Christian, damit ich es ihm auch vom Hals lösen kann."

„Oh je, das ist ja noch ein Welpe", sagte Christian und hielt den Kleinen fest, bis Bodo das Seil gelöst hatte. Der Hund hatte wohl in seiner Verzweiflung immer wieder versucht, sich loszureißen und sich dabei den Hals völlig aufgescheuert. Christian ließ etwas Wasser aus der Trinkflasche über seine Finger laufen und bestrich damit zur Kühlung die Wunde.

„Warte mal", sagte Bodo und formte mit seinen Händen eine Trinkschale, die Christian mit Wasser füllte. Der junge Hund schleckte es gierig auf und legte sich dann sichtlich erschöpft vor ihren Füßen ab. Offenbar hatte er sofort Zutrauen zu den beiden Männern gefasst.

Christian schaute Bodo ratlos an. „Und was machen wir jetzt mit dem kleinen Mann hier?"

„Bist du dir sicher, dass es ein Mann ist?"

„Ja, ich habe es beim Hochheben jedenfalls deutlich gespürt. Wenn ich dieses Dreckschwein erwischen würde, der dem Kleinen das angetan hat, ich sage dir, er würde es kaum überleben."

„Das würde uns auch nicht weiterhelfen", wendete Bodo ein. „Wir können ihn jedenfalls nicht hier zurücklassen und müssen ihn mitnehmen. Was ist das denn überhaupt für eine Rasse? Ich kenne mich mit Hunden leider nicht sonderlich gut aus"

„Mmh, scheint mir eine Art Beagle zu sein, aber kein reinrassiger. Ich glaube, da hatte wohl auch noch ein Terrier oder ein Cocker Spaniel die Hand mit ihm Spiel. Ich frage mich bloß, wie wir ihn mitnehmen sollen. Das Seil hier können wir ihm jedenfalls nicht mehr umlegen.“

„Du hast recht, Christian, du wirst ihn wohl tragen müssen.“

„Tragen? Wieso ich, und wohin tragen, bitteschön?“

Bodo grinste. „Du kannst auch gerne den schweren Rucksack tragen. Dann nehme ich halt den Hund.“

„Jetzt lass bitte mal die Scherze und verrate mir lieber, wohin wir ihn denn bringen sollen, du Schlaumeier.“

Bodo zuckte mit den Schultern. „Keine Ahnung, in den nächsten Ort halt.“

„Tolle Idee, der liegt hinter den Bürdenfällen, und das sind bestimmt noch zehn bis zwölf Kilometer“, brummte Christian.

„Na und? Er ist doch nicht schwer. Dort geben wir ihn dann bei der Polizei oder in einem Tierheim ab...“

‚Falls es dort eins geben sollte‘, fiel ihm Christian ins Wort.

„Wir werden sehen. Nimmst du ihn bitte. Ich denke, wir sollten uns jetzt wieder auf den Weg machen. Vielleicht können wir ihn ja unterwegs auch bei einem Bauern abgeben.“

„Kommt nicht in Frage, Bodo, der Hund braucht jetzt richtige Pflege und Fürsorge." Christian nahm den Welpen hoch und bildete mit den Armen eine Wiege vor seiner Brust, in der sich der Kleine sofort einkuschelte und gleich darauf einschlief. „Wie nenne ich dich bloß", brummte er in den Bart. „Wie wäre es denn mit ... ja genau, ich nenne ihn Felix, denn so hat mein Hund früher auch geheißen. Das war auch so ein Mischling wie der da. Was meinst du dazu?"

Bodo nickte. „Felix der Glückliche. Ein schöner und vor allem auch ein passender Name, denn der Kleine hatte wirklich Glück, dass wir ihn gefunden haben."

„Musst du so laut brüllen, du siehst doch, dass er schläft", zischte Christian ihn an. „Mach dich lieber jetzt auf die Socken."

„Ist ja schon gut, du Hundemama", flüsterte ihm Bodo zu und grinste über beide Ohren dabei. „Ich finde, er passt gut zu dir und du solltest ihn daher an Kindes Statt annehmen."

„Unsinn", brummte Christian und streichelte dem Kleinen dabei zärtlich über den Kopf.

Kapitel 16: Auf dem Hof

Um die Mittagszeit erreichten sie eine Weggabelung an einer Waldlichtung. Etwas abseits lag ein Bauernhof, zu dem ein schmaler Schotterweg führte. „Lass uns einfach mal vorbeigehen und fragen, ob wir etwas für den Hund zu essen und zu trinken bekommen", schlug Bodo vor.

„Einverstanden", erwiderte Christian, „aber den Hund nehmen wir wieder mit, hinterher meine ich."

Bodo konnte ein Schmunzeln darüber, dass sich sein Wandergefährte offensichtlich schon in seinen kleinen Schützling verliebt hatte, nicht verbergen. „Na klar, es ist schließlich jetzt dein Hund, Christian", erwiderte er.

„Mein Hund? Na ja, aber nur so lange, bis wir etwas Besseres für ihn gefunden haben."

Der Hof stand auf einer kleinen Anhöhe und machte einen ziemlich abgewirtschafteten Eindruck. Ein uraltes stark angerostetes Blechdach, das fast bis zum Boden reichte, schien das Hofgebäude fast zu erdrücken und an der grauweißen Fassade war der Putz an vielen Stellen abgebröckelt. Ein wuchtiger Holztisch stand direkt neben der Eingangstür. Dahinter saß auf einer Bank ein kräftiger älterer Mann, dessen Gesicht von einem halb zerfledderten Strohhut und einem grauen Bart fast völlig verdeckt wurde. Er löffelte gedankenverloren einen Teller Suppe und sah erst auf, als die beiden Wanderer direkt vor ihm standen.

„Wo kommt ihr denn so plötzlich her?", fragte er. „Hab euch gar nicht kommen gesehen und auch nicht gehört. Na ja, die Brille liegt drinnen im Wohnzimmerschrank, weil ich mich einfach nicht an das Ding gewöhnen kann. Beim Arbeiten rutscht sie mir laufend von der Nase und die meiste Zeit sind die Brillengläser dreckig. Der liebe Doktor hat mir auch ein Hörgerät empfohlen, aber wozu, frage ich euch. In meinem Alter muss man nicht mehr alles hören, ist eh meist nur Mist, was die Leute so von sich geben. Setzt euch hin", sagte er und klopfte dabei mit der Hand neben sich auf die Bank. „Wartet mal, ich geh nur kurz rein und sage Ursula Bescheid, dass sie euch auch einen Teller Suppe bringt. Ursula ist meine Frau und ich bin der Karl. Ihr mögt doch Suppe, oder?"

Christian räusperte sich. „Mein Name ist Christian und der junge Mann hier heißt Bodo. Eigentlich wollten wir nur fragen, ob ..."

„Fragen könnt ihr auch noch hinterher. Ich bin gleich wieder da", unterbrach ihn der Bauer. Kurz darauf kam er mit einem Teller Suppe zurück, den er vor Christian auf den Tisch stellte. Eine untersetzte Frau, deren graue Haare streng nach hinten gekämmt und dort zu einem dünnen Zopf geflochten waren, stand mit einem weiteren Teller im Türrahmen, den er ihr abnahm und ihn Bodo reichte. Kurz darauf kam sie mit zwei Suppenlöffeln und einem Körbchen Brot heraus und stellte es auf den Tisch. Sie drückte Bodo und Christian einen Löffel in die Hand und sagte: „Ich wünsche euch einen guten Appetit. Es ist Gemüseeintopf, selbst gemacht natürlich. Karl hat ihn sich für heute gewünscht, aber er würde am liebsten jeden Tag Gemüseeintopf essen. Langt bitte tüchtig zu, denn es ist noch genug im Topf für alle."

Dem Duft der dampfenden Suppe konnten die beiden Wanderer nicht widerstehen. Während Bodo sich schon hingesetzt hatte und seine Suppe schlürfte, stand Christian noch immer mit dem Hund auf dem Arm neben dem Tisch. Der Welpe war inzwischen aufgewacht und schnupperte heftig. Offensichtlich war auch er hungrig. Mit einem fragenden Blick in Richtung der Bäuerin sagte Christian: „Hätten Sie vielleicht etwas Hundefutter für den Kleinen hier, Frau ..."

„Wannenmacher, Ursula Wannenmacher", erwiderte diese. „Leider nein, wir haben aber von gestern noch ein kleines Stück Braten übrig. Ich gehe gleich rein und schneide es klein. Gemischt mit ein paar zerdrückten Kartoffeln und einem bisschen Soße drüber ergibt das eine wunderbare Hundemahlzeit. Unsere Hunde haben wir früher auch immer so gefüttert. Das schmeckt gut und ist viel nahrhafter als dieses teure Fertigfutter heutzutage." Kurz darauf kam sie mit einem Blechnapf zurück und stellt ihn vor dem Tisch ab. Der Welpe stürzte sich sofort mit Heißhunger darauf, sodass auch Christian endlich Gelegenheit zum Essen fand.

„Wo kommt ihr denn eigentlich her und wohin wollt ihr?", fragte Karl.

„Aus Richtung Bürdenbach und wir wollen bis zur Bürdenmündung laufen", erwiderte Bodo.

„Und was ist mit dem Hund?"

„Den haben wir unterwegs gefunden. Der arme Kerl war irgendwo angebunden und hat sich den ganzen Hals aufgescheuert."

„Wie lange seid ihr denn schon unterwegs?"

„Vor drei Tagen sind wir losmarschiert und hoffen, heute noch unser Ziel zu erreichen."

Der Alte schüttelte den Kopf. „Das glaube ich kaum. Die haben gerade eben im Radio Gewitter für heute Nachmittag gemeldet. Wenn ihr mal nach oben schaut, dann könnt ihr auch schon sehen, dass es in spätestens zwei Stunden hier heftig blitzen und krachen wird."

Als Christian zum Himmel hinaufblickte sah er, wie sich allmählich Gewitterwolken aufzutürmen begannen. „Oh Schreck, was machen wir denn jetzt? Wir sind nur mit einem Zelt unterwegs. Bis zum nächsten Ort schaffen wir es sicher nicht mehr, um uns dort ein Zimmer für die Nacht zu suchen."

Karl schüttelte den Kopf. „Kein Problem, ihr bleibt einfach über Nacht hier bei uns", sagte er. „Wir haben genug Platz im Haus, seitdem unsere Kinder weg sind. Ursula freut sich sicher sehr, mal wieder etwas Leben um sich herum zu haben. Stimmt doch, oder?"

Seine Frau nickte und sagte: „Und wie ich mich freue. Ich gehe gleich nachher nach oben und werde zwei Betten für euch beziehen. Aber zuerst schaue ich mir mal die Wunde von dem Kleinen hier an. Wie heißt er denn eigentlich?", fragte sie und zeigte auf den Hund.

„Felix, so habe ich ihn jedenfalls getauft, als wir ihn heute Morgen gefunden haben", erwiderte Christian.

„Felix also, na dann komm mal mit, du kleiner Wicht", sagte sie, nahm den Welpen auf den Arm und ging mit ihm ins Haus. Ein paar Minuten später setzte sie ihn vor der Tür wieder ab, worauf der Kleine heftig mit dem Schwanz wedelnd auf Christian zuraste und ihm auf den Schoß sprang. „Schau an, der weiß ja schon ganz genau, wo er hingehört. Ich habe ihm etwas Wundsalbe auf die aufgescheuerten Hautstellen aufgetragen. Ob es hilft weiß ich zwar nicht, aber es kühlt die Wunde zumindest ein bisschen."

Karl nickte. „Der kleine Bursche erholt sich sicher ganz schnell wieder. Gib ihm bitte auch noch eine Schüssel mit Wasser."

Die drei Männer saßen noch eine ganze Weile draußen und unterhielten sich, bis sich der Himmel immer mehr zuzuziehen begann. Kurz darauf zuckten am Horizont erste Blitze und ein böiger Wind kam auf.

Karl blickte immer wieder nach oben und sagte schließlich: „Es wird Zeit. Kommt rein in die gute Stube, bevor wir hier alle nass werden." Ohne eine Reaktion abzuwarten ging er ins Haus. Kaum waren ihm Bodo und Christian, der den Welpen trug, gefolgt, krachte und blitzte es heftig draußen. Kurze Zeit darauf ergoss sich ein wolkenbruchartiger Regenschauer über das Land. Der Regen prasselte heftig gegen die Scheiben der kleinen Fenster. Das Innere des Hauses bestand nur aus einem einzigen großen Raum im Erdgeschoss, der zugleich Küche, Wohn- und Esszimmer zu sein schien. Ein weiß emaillierter und offenbar noch holzbefeuerter alter Küchenherd stand in einer Ecke, daneben hing ein gusseisernes Waschbecken an der Wand, darunter ein Holzregal voller Geschirr. Über dem Waschbecken hingen Töpfe, Pfannen und ein paar Schöpflöffel. Die Mitte des Raums zierte ein großer Holztisch mit acht Stühlen. Ganz hinten im Raum verdeckte ein wuchtiger dunkler Schrank mit Glastüren und Schubladen die halbe Wand, während daneben eine schmale ausgetretene Holztreppe in die oberen Räume führte. An den Wänden hingen Ölgemälde mit kitschigen Motiven sowie zahlreiche alte Fotos, die meisten noch in schwarz-weiß. Christian erschien es fast so, als wäre er in einem Heimatmuseum gelandet. Hier war jedenfalls die Zeit stehen geblieben.

Die Bäuerin schien zu ahnen, was ihre beiden Gäste dachten. „So hat es hier schon ausgesehen, als Karls Eltern noch gelebt haben", sagte sie beinahe entschuldigend. „Karl mag keine Veränderungen. Zu acht haben wir hier gelebt, Karls Eltern, wir beide und unsere vier Kinder. Ach ja, und noch ein halbes Dutzend Katzen sowie zwei Hunde. Ein unbeschreibliches Treiben hat hier den ganzen Tag geherrscht, jedenfalls für lange Zeit. Aber nach und nach ist es dann stiller geworden. Zuerst sind seine Eltern kurz hintereinander verstorben und später sind nach und nach unsere Kinder ausgezogen. Sie wohnen jetzt alle weit weg von hier und haben ihre eigenen Familien. Wir sehen sie höchstens noch dreimal im Jahr. So ist das halt, wenn man alt wird", sagte sie und wischte sich mit ihrer Schürze verstohlen über ihre tränenfeuchten Augen.

„Kein Grund zum Weinen, Mutter", brummte Karl und nahm sie kurz in die Arme. „Wir haben schließlich noch uns und unsere Katzen, und draußen im Stall stehen auch noch unsere Kühe. Ach ja, deine Hühner hätte ich fast vergessen. Wir sind noch gesund und uns fehlt es an nichts. Dafür sind wir dem lieben Gott auch sehr dankbar."

„Ja, das sind wir", schob seine Frau nach, „und ich bete jeden Tag dafür, dass er uns ...", sie zögerte einen kurzen Moment und fuhr dann fort, „ich meine, dass er uns eines Tages beide zusammen zu sich rufen wird oder den, der zurückbleiben muss, wenigstens nicht allzu lange alleine hier zurücklässt."

Karl winkte ab und sagte zu Bodo und Christian gewandt: „Sie ist halt von Zeit zu Zeit ein bisschen trübsinnig, aber noch bin ich kräftig genug, um den Sensemann vom Hof zu verjagen, falls er sich zu früh hier blicken lässt. Aber jetzt trinken wir erst mal einen guten Zwetschgenschnaps, natürlich selbst gebrannt", grinste er und rieb sich dabei die Hände. „Ist zwar nicht erlaubt, aber hierher verirrt sich keiner, um das zu kontrollieren." Dann ging er an den Schrank, um den Schnaps und drei kleine Schnapsgläser zu holen, die er bis zum Rand füllte. „Prost ihr beiden", sagte er, hob sein Glas und kippte den Inhalt mit einem Schluck hinunter.

Bodo und Christian taten es ihm nach. Bodo verschluckte sich dabei und musste heftig husten. Der Schnaps brannte wie Feuer in seiner Kehle. Karl schien sich darüber köstlich zu amüsieren.

„Ja Freunde", sagte er mit dröhnender Stimme, „bei mir gibt es keinen Fusel zu trinken. Ich weiß es selbst nicht mehr so genau, aber das Zeug hat es in sich. Weit über vierzig Prozent jedenfalls."

„Das merkt man", erwiderte Bodo und verdrehte dabei die Augen, was Karl grinsend registrierte und ihn veranlasste, die Gläser erneut zu füllen. Doch Bodo wehrte heftig ab. „Nein, noch so einen vertrage ich nicht."

„Stell dich bloß nicht so an, du bist doch ein junger Bursche, und auf einem Bein steht man bekanntlich schlecht", sagte er.

„Aber wenn ich noch einen trinke, kann ich selbst auf zwei Beinen nicht mehr stehen", stöhnte Bodo.

„So ein junger Kerl, und so wenig standfest", erwiderte Karl und schüttelte fassungslos den Kopf.

Christian erklärte zur Ehrenrettung seines Partners: „Er ist Kaplan und sicherlich auch von daher keinen scharfen Schnaps gewohnt."

„Aha, aber literweise Messwein saufen, das können die Pfaffen problemlos. Na ja, dann eben nicht", brummte der Gastgeber.

Bodo ahnte, dass dieser Kelch wohl doch nicht an ihm vorübergehen würde. Er hob daher schnell das Schnapsglas und kippte es erneut in einem Zug hinunter.

Karl nickte beifällig und schlug ihm heftig auf die Schulter. „War doch gar nicht so schlimm, oder?"

„Er hat es jedenfalls überlebt", kommentierte Christian lachend.

„Bis zum Abendbrot ist es noch ein bisschen Zeit, Karl. Willst du unseren Gästen nicht bis dahin noch etwas vom Hof zeigen", schlug die Bäuerin vor.

Bodo nickte zustimmend.

„Ja, das interessiert mich auch sehr, aber den Hund lassen wir am besten hier", sagte Christian und setzte den Welpen auf dem Boden ab, worauf Felix Karls Frau sofort um die Beine strich. Die Alte musterte ihn liebevoll, streichelte ihm über den Kopf und murmelte kaum hörbar: „Der mag wohl noch ein Stückchen Fleisch." Der Hund schien es trotzdem verstanden zu haben und sprang laut bellend so lange an ihr hoch, bis sie ihm noch etwas in den Napf nachgefüllt hatte.

„Na schön", brummte Karl in seinen grauen Bart, „dann kommt mal mit. Das dauert ohnehin nicht sehr lange, denn ich bewirtschafte den Hof nicht mehr so intensiv wie früher. Dafür sind wir leider schon zu alt. Ich baue nur noch Salat, Gemüse und ein bisschen Getreide für unseren eigenen Bedarf an. Mehr brauchen wir nicht. Na ja, und wenn mal die Waschmaschine oder der Fernseher kaputt gehen sollte, dann greifen wir halt in den Sparstrumpf. Ist zwar nicht allzu viel drin, aber als Notgroschen reicht es jedenfalls. Zum Glück bekomme ich ja noch meine Rente, eine kleine wenigstens", erklärte Karl und öffnete die Stalltür. Es war unschwer zu erkennen, dass auch an diesem Gebäude der Zahn der Zeit bereits heftig genagt hatte. Der relativ große Stall war fast leer. Nur in einer Ecke standen zwei Kühe und fraßen Heu, während ein paar gackernde Hühner um sie herumliefen und auf dem Stallboden nach Körnern pickten. „Das sind Liesel und Mina", sagte Karl und deutete auf die beiden Kühe. „Die zwei sind schon ziemlich alt und bekommen bei uns jetzt ihr Gnadenbrot, obwohl sie keine Milch mehr abgeben. Und die Hühner gehören genau so zu unserem Seniorenheim, aber die bedanken sich dafür wenigstens ab und zu noch mit ein paar Eiern, die Ursula zum backen und kochen verwendet."

„Schlachtet ihr das Vieh nicht", fragte Christian.

Der Bauer schüttelte den Kopf. „Nein, schon lange nicht mehr. Früher kam noch regelmäßig ein Schlachter auf den Hof. Für mich war das Schlachten offen gestanden schon immer ein Problem. Ich hänge halt zu sehr an dem Viehzeug, schon von Kind an. Aber früher war das Schlachten wenigstens noch relativ human, denn das Vieh hatte bis zu seinem letzten Tag eine gute Zeit, hier bei uns." Er zögerte kurz und fuhr dann fort: „Na ja, und das Schlachten ging relativ schnell in einem kleinen Nebengebäude vonstatten, ohne dass die anderen Tiere davon etwas mitbekommen haben. Trotzdem ging es mir bei jedem meiner Tiere immer sehr zu Herzen. Irgendwann hatten wir aber so viele Tiere, dass ich die schlachtreifen zum Schlachthof bringen musste. Ich bin einmal selbst mitgefahren und habe mir das angesehen. Es war ...", wieder stockte er und starrte gedankenverloren nach draußen. „Es war schrecklich, einfach unbegreiflich für mich, wie brutal die Tiere dort behandelt wurden. Mit Schlägen und Tritten wurden sie in diese grausame Vernichtungsmaschinerie getrieben. Die schrecklichen Bilder aus dem Schlachthof haben sich für alle Zeiten in mein Gedächtnis eingebrannt. Was ich dort miterleben musste, überstieg einfach alles, was ich zu ertragen bereit war. Ich habe jedenfalls nie mehr wieder Tiere in den Schlachthof bringen lassen und die Viehzucht nach und nach aufgegeben. Wir haben danach nur noch Tiere für unseren Eigenbedarf gehalten, und diese beiden hier werden wohl die letzten sein. Danach werden wir nur noch die Hühner behalten. Auch die Arbeit auf dem Feld werde ich wohl noch weiter reduzieren müssen. Meine Knochen sind von der jahrzehntelangen Schufterei hier auf dem Hof ziemlich morsch geworden. Ursula gegenüber würde ich das natürlich nicht zugeben und mache den dicken Willi. Aber dieser Willi", sagte er und schlug sich dabei mit der Faust heftig auf die Brust, „ist schon länger einfach nicht mehr so belastbar wie früher. Ich fürchte, über kurz oder lang werden wir den Hof aufgeben und in ein Altenheim gehen müssen." Wieder schwieg er für eine Weile.

„Willst du den Hof nicht verkaufen?", fragte Bodo.

„Wollen schon, aber ich frage euch, wer will denn heutzutage noch einen Hof kaufen, dazu noch einen derart veralteten in einer völlig abgelegenen Gegend. Wenn überhaupt, würden wir allenfalls einen Bruchteil von dem bekommen, was wir brauchen, um die Kosten für die Unterbringung in einem Heim auf Dauer finanzieren zu können. Das macht mir Sorgen, sehr große Sorgen sogar, aber kein Wort davon zu Ursula, hört ihr."

„Keine Sorge", erwiderte Christian, „aber wenn euer Geld nicht für ein Heim reicht, muss doch der Staat mit dafür aufkommen, soweit ich weiß."

Karl sah ihn an und schüttelte heftig den Kopf. „Zum Sozialamt betteln gehen? Nein, das kommt nicht in Frage. Ich habe Zeit meines Lebens für mich und meine Familie selbst gesorgt, mit Gottes Hilfe natürlich. Und Ursula und ich werden auch weiterhin auf ihn vertrauen. Er wird es schon richten und so wie es kommt werden wir es annehmen. So, jetzt haben wir aber lange genug gequatscht. Ursula wartet bestimmt schon mit dem Essen auf uns. Lasst uns zurück ins Haus gehen."

Als sie in die gute Stube zurückkamen, war der Tisch mit frischem Brot, mit Wurst, Käse, Salat, Gurken und Tomaten gedeckt. Die Bäuerin hatte jedem zum Trinken einen Krug Bier hingestellt. „Nehmt alle Platz und bedient euch schon mal. Die Rühreier sind auch gleich fertig", sagte sie.

„Das sieht ja wirklich lecker aus", erwiderte Christian, „und Hunger habe ich offen gestanden auch.

„Geht mir ganz genau so", erwiderte Bodo.

Während des Essens berichteten die beiden Gäste von ihren Erlebnissen während der Wanderung, worauf Karl es sich im Gegenzug nicht nehmen ließ, ihnen seine ganze Familiengeschichte zu erzählen, unterstützt durch seine Frau, die bei jeder passenden Gelegenheit aufsprang und auf eines der zahlreichen Fotos an den Wänden zeigte. Als die Standuhr in der Ecke neben der Tür zehnmal zu schlagen anfing, blickte sie erschrocken auf. „Oh je, schon so spät", sagte sie, „wir müssen morgen in aller Frühe aufstehen und gehen abends meistens schon gegen neun Uhr schlafen. Sie zupfte ihren Mann am Arm. „Komm Karl, es wird höchste Zeit für uns. Unsere beiden Gäste können gerne noch hier sitzen bleiben. Machen Sie bitte das Licht hier unten aus, wenn sie später nach oben gehen. Gleich die beiden ersten

Zimmer oben habe ich für Sie hergerichtet. Wir sehen uns dann morgen früh zum Frühstück wieder."

Kapitel 17:   Schule des Lebens

Als das Ehepaar nach oben gegangen war, sagte Bodo zu Christian: „Da haben wir aber wirklich Glück gehabt, auf so nette und gastfreundliche Menschen zu treffen."

„Das ist wahr. Ich denke, wir sollten den beiden morgen etwas Geld in die Hand drücken für Kost und Logis. Was meinst du?"

„Eigentlich schon, aber ich bin mir nicht sicher, ob sie es auch annehmen werden. Ich glaube nämlich, dass es für sie selbstverständlich war, uns bei diesem Unwetter Gastfreundschaft zu gewähren. Sie praktizieren halt noch das, was man unter Hilfsbereitschaft und Nächstenliebe versteht. Obwohl wir doch Fremde für sie sind, zeigen sie uns gegenüber keinerlei Misstrauen und lassen uns sogar hier in ihrer guten Stube alleine."

Christian nickte. „Ich will ihnen morgen aber wenigstens zum Dank etwas anbieten. Doch ich möchte gerne noch einmal auf das gestrige Gespräch mit Horst zurückkommen. Du hast darin von einer Schule des Lebens gesprochen, du weißt sicher, was ich meine. Das geht mir seitdem einfach nicht mehr aus dem Kopf."

„Ja, ich erinnere mich", erwiderte Bodo. „Was möchtest du denn dazu noch gerne wissen?"

„Na ja, eine Schule schließt man bekanntlich irgendwann mal ab, mit einem Abschluss, falls der Schulbesuch erfolgreich war, oder ohne, falls nicht. Entweder mit einem Hauptschulabschluss oder mit der Mittleren Reife oder gar mit dem Abitur. Aber dazu muss man vorher bestimmte Prüfungen absolvieren. So weit, so gut, aber wie bringe ich das alles bei deiner Schule des Lebens unter einen Hut? Mit anderen Worten: Auf welcher Lebensschule befinden wir uns denn deiner Meinung nach? Wer sind unsere Lehrer und was müssen wir lernen? Wer befindet darüber, ob wir einen Abschluss erhalten, und wenn ja, welchen? Wer ..."

Bodo winkte ab. „Halt Christian, diese Fragen reichen schon mal fürs erste, obwohl du sie dir eigentlich schon selbst beantworten könntest, zumindest im Kern."

„Einen Teil davon vielleicht, aber bei weitem nicht alles, und deshalb möchte es gerne von dir hören."

„Na schön, bleiben wir doch einfach beim Beispiel unserer klassischen Schulen. Dort sind die Schüler entsprechend ihren Neigungen und schulischen Fähigkeiten in unterschiedlichen Schulformen und darüber hinaus je nach Alter in unterschiedlichen Klassen untergebracht und werden dort von entsprechend qualifizierten Lehrern ausgebildet. Das hört sich zwar in der Theorie gut an, sieht in der Praxis aber leider etwas anders aus. Wir alle waren ja mal Schüler, und wir beide haben sogar das Gymnasium besucht. Aber haben dort ausnahmslos alle Schüler tatsächlich auch hingehört?, frage ich dich. Ich habe dort so manchen Mitschüler als wenig intelligent oder als faul und aufsässig gegenüber Lehrern erlebt, der dennoch das Abi geschafft hat, weil er beispielsweise finanziell gut gestellte und einflussreiche Eltern hatte, die alles dafür getan haben, dass er seinen Abschluss letztlich doch erhält, sei es über Nachhilfestunden oder über Beziehungen oder über einen Schulwechsel."

Christian nickte. „Oh ja, davon kann ich auch ein Lied singen, denn ich habe mein Abitur über den zweiten Bildungsweg gemacht und habe mich als ehemaliger Hauptschüler oft gewundert, welche Pfeifen dort weiterkommen, während unter den Hauptschülern manch einer war, der durchaus das Zeug zu einem höheren Abschluss gehabt hätte, aber aus unterschiedlichen Gründen keine Chance oder keine Gelegenheit dafür bekam. Aber wenn wir schon dabei sind, Pfeifen gab es nicht nur unter den Schülern, sondern genau so auch unter den Lehrern. Aber was willst du mir mit diesen Binsenweisheiten letztlich nahe bringen, Bodo?"

„Nichts weiter als dir die Gemeinsamkeiten und Unterschiede zur Lebensschule, wie du sie sehr zutreffend nennst, anschaulich aufzuzeigen. In der Schule des Lebens gibt es zumindest vordergründig keine unterschiedlichen Schulformen und Klassen. Wir Menschen sitzen alle im gleichen Boot, auf den ersten Blick jedenfalls. Die Lebensschule könnte man anschaulich wohl noch am ehesten mit einer Dorfschule aus längst vergangenen Zeiten vergleichen, in der es nur eine Schulklasse für alle Schüler unabhängig von ihrem Alter gab. Die Kunst des Lehrers, sofern er sie beherrscht hat, bestand darin, jedem Schüler genau das beizubringen, wofür er aufgrund seines Alters und seines Wissensstandes auch geeignet war. So ist es auch bei der Lebensschule, wo du in einer Klasse namens Erde alle möglichen Altersstufen und Qualifikationen, vom Analphabeten bis zum herausragenden Genie findest. Aber in der Schule des Lebens gibt es keine klassische Aufteilung nach Schülern und Lehrern. Wir alle hier unten sind je nach Alter und Qualifikation gleichermaßen als Schüler und als Lehrer gefordert, bis zu unserem letzten Tag. Du kennst ja sicher den weisen Spruch: Man lernt nie aus!" Christians Schmunzeln schien Bodo merklich zu irritieren. „Warum grinst du denn so?", fragte er.

„Na ja, jetzt weiß ich endlich, warum du mich als Theologe die ganze Zeit über in Religionswissenschaften zu unterrichten versuchst."

Bodo schüttelte den Kopf. „Nein, oder zumindest nicht in Religionswissenschaften. Das wäre der falsche Ausdruck, denn alle Religionen haben ihre Tücken und sind daher mit Vorsicht zu genießen. Sie basieren zwar in ihrem Kern im wesentlichen auf gleichartigen ethischen Grundsätzen, wurden aber von Religionsführern häufig so interpretiert und verbreitet, wie es ihren Wünschen und Vorstellungen oder ihren Absichten entsprach. Abschreckende Beispiele dafür gibt es leider genug in der Geschichte der Menschheit, um nur einmal die grausamen Kreuzzüge zu nennen, weil man als Heiden eingestufte Andersgläubige mit Gewalt zum Christentum bekehren wollte. Außerdem bin nicht ich es, der dir etwas aufzuschwatzen versucht, sondern du hast mich um meine Meinung gefragt."

„So war es auch gar nicht gemeint, Bodo. Nun mach schon weiter", erwiderte Christian.

„Also gut. In der Schule des Lebens geht es nicht um materielles irdisches Wissen, sondern viel mehr um die Beachtung der göttlichen Gesetze, über die wir ja schon gesprochen hatten. Die gilt es für alle Menschen gleichermaßen zu beachten und anzuwenden, wie beispielsweise auch ein Schüler für die Lösung einer bestimmten Aufgabe eine bestimmte mathematische Formel anwenden muss. Darüber hinaus sind wir aber auch alle, sozusagen als Lehrer, verpflichtet, dieses ethische Grundwissen selbst weiter zu vermitteln, wie beispielsweise Eltern ihren Kindern gegenüber. Und wir müssen ihnen bei der Umsetzung soweit als möglich auch behilflich zu sein."

„Wenn ich dir so zuhöre, Bodo, dann kann ich mich des Eindrucks nicht verwehren, dass du auf einem anderen Planten lebst als ich. Wenn das, was du mir da in blühenden Farben geschildert hast, zu verwirklichen wäre, dann hätten wir wahrlich ein Paradies auf Erden. Doch meine Wahrnehmung von unserem Planten ist eine völlig andere, leider", warf Christian ein.

„Das ist richtig. Die Menschen werden leider auch nicht eher Ruhe und Frieden finden, bis dieser Zustand eines Tages erreicht sein wird."

Christian schüttelte heftig den Kopf. „Niemals Bodo, das kannst du vergessen."

„Der da oben sieht das aber nicht so, und diejenigen, die es nicht begreifen oder wahrhaben oder nicht anwenden und umsetzen wollen, werden die Schule des Lebens so lange durchlaufen müssen, bis auch sie die Qualifikation für ein besseres Leben in einer besseren Welt erworben haben."

„Du glaubst also, dass es noch andere Planeten mit Lebewesen und besseren Bedingungen als hier auf der Erde gibt, Bodo."

„Gegenfrage, glaubst du denn im Ernst, dass die vergleichsweise winzige Erde in einem unendlich großen Weltall der einzige bewohnte Planet ist?"

Christian zuckte die Achseln. „Ich weiß es nicht, aber zugegeben, es ist eher unwahrscheinlich. Meinst du denn, dass unser Geist sich auch auf einem anderen Planeten reinkarnieren könnte?"

„Ich denke schon, sofern er die irdische Schule des Lebens erfolgreich absolviert hat. Doch so lange das nicht der Fall ist, fürchte ich, wird er wohl hier auf der Erde eine erneute Chance auf Bewährung wahrnehmen müssen. Etwa so wie ein Schüler, der eine Klassenstufe nicht erreicht hat und deshalb sitzen bleibt, also die Klasse nochmals wiederholen muss."

„Oh Mann, wem dem so wäre, dann dürften aber verdammt viele auf unserem Planeten sitzen bleiben, wenn ich mir dieses Jammertal namens Erde so anschaue."

„Du sagst es, einschließlich uns beiden."

„Du raubst mir gerade die letzte Hoffnung, Bodo, denn ich kann nicht erkennen, dass das jemals ein Ende finden wird."

„Dafür sind wir zwei wohl noch nicht reif genug, um das erkennen zu können. Aber wenn man die Entwicklung der Menschheit über ihren gesamten Zeitraum hin zugrunde legen würde, sollte schon ein gewisser Fortschritt zu erkennen sein, hoffe ich wenigstens."

„Glaubst du wirklich? Aber mir machen die Unverbesserlichen Angst, also diejenigen, die sich bis in alle Ewigkeit nicht belehren lassen und im Anrichten von Schaden und Unheil niemals nachlassen werden."

Bodo schüttelte den Kopf. „Keine Sorge, Christian, die gibt es nicht."

„Was sagst du da? Bist du denn auf beiden Augen blind und siehst nicht all die Grausamkeiten, die jeden Tag aufs Neue die Welt erschüttern?"

„Doch Christian, ich sehe sie genau so wie du. Sie sind für mich nicht minder schrecklich wie für dich. Aber auch hier gilt, dass unsere Zeit auf der Erde viel zu kurz bemessen ist, um das zu beurteilen."

„Und was macht dich da so sicher, dass sich einmal alles zum Guten wenden wird, Herr Kaplan."

„Die göttlichen Regeln, die in allen Menschen oder besser gesagt in allen Geistwesen gleichermaßen angelegt sind und irgendwann selbst den größten Verbrecher zum Umdenken oder zur Umkehr bewegen werden. Ausnahmslos jeder wird irgendwann zur Einsicht gelangen, dass das für seinen Seelenfrieden unverzichtbar ist."

„Na ja, dein Wort in Gottes Ohr. Ich fürchte nur, dass dann wohl noch ganze Heerscharen unendlich viele Ehrenrunden auf Mutter Erde drehen müssen."

„Grundsätzlich stimme ich dir zu, Christian, aber in zwei Punkten muss ich dir widersprechen."

„Die da wären?"

„Erstens sind das bestimmt keine Ehrenrunden, sondern eher unehrenhafte Runden, und zweitens sind es nicht unendlich viele, sondern endlich viele."

„Na schön, Herr Lehrer", seufzte Christian, „wenden wir uns lieber dem Positiven zu. In welche Klasse werde ich denn deiner Meinung nach versetzt, falls ich am Ende meiner Tage vor der Prüfungskommission bestehen sollte? Welcher Abschluss wird mir denn erteilt werden, und von wem bitteschön?"

Bodo sah Christian eine Weile an und schüttelte schließlich den Kopf. „So eine harte Nuss wie dich habe ich noch nicht erlebt. Musst du denn immer wieder alles in Frage stellen", sagte er. „Also gut, ich kann dir darauf keine Antwort geben, weil ich weder allwissend noch mit dem lieben Gott zu verwechseln bin. Aber wenn du mich schon so fragst, dann schätze ich mal, dass wir beide wohl kaum in einer höheren Klasse anzusiedeln sind, schon gar nicht auf einer höheren Schule. Nur eines ist uns und allen anderen sicher, wir können zwar eine Prüfung nicht bestehen und müssen sie dann wiederholen, aber wir können uns in unserer geistigen Entwicklung letztlich nur nach oben weiterentwickeln, aber niemals mehr nach unten abstürzen."

„Du kannst einem ja richtig Mut machen, Bodo. Was traust du mir also mit anderen Worten zu? Allenfalls wohl eine Versetzung in Klasse drei der Hauptschule des Lebens, oder?"

„Wenn du Glück hast und die Klasse nicht noch einmal wiederholen musst, mein Freund", erwiderte Bodo mit ernster Mine, um gleich darauf in schallendes Lachen auszubrechen. „Das muss ich dir lassen, das hast du wirklich sehr anschaulich formuliert. Aber du wirst hier auf der Erde sicherlich noch genügend Gelegenheit bekommen, um deinen Notenschnitt entscheidend zu verbessern."

„Ist es denn wirklich so schlimm um mich bestellt, Bodo?"

Sein Gegenüber lachte und klopfte ihm aufmunternd auf die Schulter. „Nein, Christian, ich kann dich beruhigen. Ich habe zwar selten einen hartnäckigeren Fall als dich erlebt, weil du wirklich alles in Frage gestellt hast, aber ich merke auch, dass du vieles von dem, über was wir gesprochen haben, zumindest nicht für unlogisch oder unmöglich hältst, oder?"

„Ja Bodo, das muss ich zugeben, aber ich bin mir trotzdem noch nicht im Klaren darüber, ob ich über deine Brücken gehen soll, um dort mein Heil zu finden."

„Über Gottes Brücken, Christian, nicht über meine."

„Und wenn es ihn doch nicht gibt?"

„Okay! Gesetzt den Fall: Dann hättest du dich möglicherweise völlig umsonst bemüht, ein guter, redlicher, hilfsbereiter und liebevoller Mensch zu sein, aber welches Risiko würdest du dabei eingehen im Vergleich zu dem, wenn du dich nicht gottgerecht verhalten würdest und es ihn dennoch gäbe?"

Christian starrte betreten zu Boden und schwieg lange, ohne dass ihn Bodo dabei störte. Schließlich blickte er auf und nickte. „Ich gebe mich geschlagen, du hast gewonnen."

„Nein Christian, nicht ich habe gewonnen, sondern du und natürlich auch der liebe Gott. Ich habe allenfalls mit seiner Hilfe ein kleines bisschen dazu beitragen können, und das freut mich sehr. Aber es ist schon sehr spät und ich bin schrecklich müde. Lass uns jetzt bitte schlafen gehen."

Kapitel 18: Am Bürdenfall

Wach endlich auf, verdammt noch mal", rief Christian und zog Bodo die Bettdecke weg. „Wir haben verschlafen, es ist schon nach neun."

Bodo gähnte und rieb sich die Augen. „Was denn, schon so spät? Ist gut, Christian. Ich gehe nur kurz ins Bad und ziehe mich dann an. Du kannst ja so lange unten auf mich warten."

„Geht klar, aber beeil dich bitte."

Als Bodo etwa zwanzig Minuten später nach unten kam, saß Christian mit der alten Bäuerin am üppig gedeckten Frühstückstisch. Der Welpe lag auf Christians Schoß und ließ sich von ihm streicheln.

„Na, endlich ausgeschlafen?", fragte die Hausherrin und goss ihren beiden Gästen Kaffee in zwei große Henkeltassen ein, die sie ohne Unterteller vor ihnen auf der Tischplatte abstellte. „Ihr müsst jetzt erst mal tüchtig frühstücken, bevor ihr euch wieder auf euren Weg macht. Karl hat schon gefrühstückt, weil er rechtzeitig hinaus aufs Feld

musste. Aber da euer Weg ohnehin daran vorbei-
führt, will er sich dort noch von euch verabschie-
den."

Nachdem die beiden ausgiebig gefrühstückt
hatten, verabschiedeten sie sich. „Was sind wir
Ihnen denn schuldig, Frau Wannenmacher, ich
meine für Unterkunft und Verpflegung?", fragte
Christian.

Die Bäuerin wehrte ab. „Nichts! Karl und ich
haben uns sehr über die willkommene Abwechslung und die unverhoffte Gesellschaft gefreut.
Karl hat damit gerechnet, dass ihr uns etwas Geld
dafür geben wollt und mir daher aufgetragen, auf
keinen Fall etwas anzunehmen. Das hätte ich ohnehin nicht getan. Aber eine Bitte hätte ich eigentlich doch", sagte sie und schaute Bodo dabei
an. „Sie sind doch Kaplan und ...", sie zögerte
einen kurzen Moment und fuhr dann fort. „Wenn
Sie beim nächsten Gebet zum lieben Gott vielleicht ein gutes Wort für uns einlegen würden,
wäre ich Ihnen wirklich sehr dankbar. Ich meine,
dass er uns wenigstens noch eine Weile hier unten
mit unseren Tieren gesund zusammenleben lässt,
bevor er uns zu sich ruft." Wieder hielt sie eine
Weile inne. „Ich wage es kaum auszusprechen,
aber es wäre eine große Gnade für uns, wenn wir
dann gemeinsam den Weg zu ihm antreten dürften. Ich hoffe sehr, dass das nicht Unrechtes ist,
was wir uns wünschen." Danach schwieg sie und

senkte den Kopf, weil sie sich offenbar vor dem Priester für diese Bitte schämte.

Bodo nahm sie spontan in die Arme und drückte sie kurz. „Das hätte ich ohnehin für Sie beide getan, Frau Wannenmacher. Und keine Sorge, für Ihren Wunsch hat sicherlich niemand mehr Verständnis als der Herr im Himmel. Diesen Wunsch hat er auch schon anderen erfüllt, die ein gottgefälliges Leben geführt haben. Aber ich bin sehr zuversichtlich, dass Ihnen beiden zuvor noch eine lange und schöne gemeinsame Zeit hier unten vergönnt sein wird."

Christian sah, dass der Bäuerin ein paar Tränen in den Augen standen, drückte sie ebenfalls kurz an sich und bedankte sich für die Gastfreundschaft. Dann nahm er den Welpen auf den Arm und verließ mit Bodo das Haus. Sie waren kaum ein paar Schritte gegangen, als die Bäuerin Ihnen nachrief: „Halt, warten Sie bitte, ich habe hier noch etwas für Sie und den Hund." Sie reichte Bodo eine große Tüte. „Hier sind noch ein paar Käsebrote für unterwegs drin und in der Alufolie auch noch etwas für den Hund. Passen Sie bitte gut auf den Kleinen auf."

„Das werden wir. Nochmals vielen Dank für alles", erwiderte Christian. Dann gingen die beiden wieder zum Hauptweg durch das Bürdental zurück.

„Wirklich sehr nette Leute, findest du nicht auch?", fragte Bodo zu Christian gewandt.

Christian nickte. „Oh ja, ich habe selten eine derart herzliche Gastfreundschaft erlebt."

„Wir hätten Ihnen vielleicht doch etwas Geld geben sollen. Ich meine, die zwei müssen sicherlich jeden Euro zweimal umdrehen, bevor sie ihn ausgeben. Aber warum grinst du denn so?"

„Na ja, weil ich heute Morgen in weiser Voraussicht einen Fünfziger und einen Zettel mit ein paar freundlichen Worten des Dankes in unser beider Namen auf den Nachttisch neben meinem Bett gelegt habe. Sie wird beides sicherlich gleich finden, wenn sie dort aufräumt."

„Hast du das wirklich? Das finde ich ja prima", erwiderte Bodo und klopfte seinem Gefährten auf die Schulter. „Ich gebe dir natürlich nachher die Hälfte vom Geld."

Christian winkte ab. „Lass mal gut sein, das habe ich gerne getan, und ich möchte mich damit auch ein kleines bisschen dafür bedanken, dass auch du mich sehr gastfreundlich behandelt und mitgenommen hast auf diesen Weg, der für mich weit mehr als ein reiner Wanderweg geworden ist."

Bodo sah ihn fragend an. „Was meinst du denn damit?"

„Für mich ist er zu einem Weg der Erkenntnis geworden, während mein Weg in den letzten Jahren eher diffus und neblig war. Ich bin buchstäblich im Nebel herumgeirrt und dabei wohl in so manche Sackgasse gestolpert. Doch auf dem Weg hier habe ich den Nebel hoffentlich für immer durchdrungen. Es ist für mich tatsächlich ein Weg zurück zu Gott, verbunden mit einem Glauben an seine Güte und Gerechtigkeit, der mir erst möglich war, nachdem es dir gelungen ist, mich davon zu überzeugen. Ich weiß selbst, was für ein unangenehmer Weggefährte ich dir auf diesem Weg war und danke dir für deine Hartnäckigkeit. Du hast wirklich den richtigen Beruf gewählt. Respekt, junger Mann."

„Danke, das freut mich sehr. Eine harte Nuss, das warst du wohl, aber bei weitem kein unangenehmer Weggefährte für mich. Ich habe die Zeit mit dir jedenfalls sehr genossen, aber noch sind wir ja nicht am Ziel. Da vorne steht übrigens unser Gastgeber am Weg und wartet schon auf uns."

„Da seid ihr ja endlich, ihr Langschläfer", begrüßte sie Karl. „Ich bin schon fast zwei Stunden auf dem Feld. Habt ihr auch gut gefrühstückt, damit ihr mir unterwegs nicht zusammenbrecht?"

Die beiden nickten. „Keine Sorge, deine Frau hat uns genügend Marschverpflegung mit auf den Weg gegeben. Wir werden jedenfalls nicht verhungern", erwiderte Bodo. „Nochmals vielen Dank für eure Gastfreundschaft."

„Ist doch selbstverständlich. Tu mir aber bitte einen Gefallen und leg bei nächster Gelegenheit bei deinem obersten Dienstherren ...", Karl blickte dabei bedeutungsvoll in Richtung Himmel und fuhr dann fort, „ein gutes Wort für meine Ursula ein, und falls möglich auch für mich. Du weißt schon, was ich meine."

„Das ist für mich genau so selbstverständlich wie für euch eure Gastfreundschaft, Karl. Ihr habt damit auf jeden Fall zwei, nein, sogar drei Fürsprecher beim lieben Gott gewonnen."

„Wieso denn drei, Bodo?"

„Na ja, unser kleiner Hund hat diesbezüglich sicherlich auch noch ein Wörtchen mitzureden, nicht wahr, Felix." Der Kleine reagierte sofort auf seinen Namen und fing wie zur Bestätigung laut zu kläffen an, womit er die Lacher auf seiner Seite hatte.

„Magst du zum Abschied noch einen Schnaps, Bodo?", fragte der Bauer mit einem süffisanten Unterton und hielt ihm eine kleine Schnapsflasche entgegen.

„Um Himmels Willen, nein. Wir müssen aber jetzt los, damit wir wenigstens heute unser Ziel erreichen."

„Na dann. Ich wünsche euch was. Muss jetzt auch noch ein bisschen was tun. Kommt doch mal wieder vorbei, wenn ihr in der Nähe seid", erwiderte Karl und hob die Hand zum Abschied noch einmal zum Gruß, während die beiden Wanderer ihren Weg fortsetzten. Christian setzte den kleinen Welpen auf dem Weg ab und ließ ihn frei laufen. Felix rannte wie ein Besessener zwischen den beiden Wanderern hin und her, überholte sie und raste seitlich ins Gebüsch, um dann plötzlich wieder hinter ihnen aufzutauchen. Wenn er sich zu weit von ihnen zu entfernen drohte, rief ihn Christian zu sich, worauf er sofort wie ein geölter Blitz auf ihn zuraste und an ihm hochsprang. Er hatte Christian unverkennbar als sein Herrchen akzeptiert, hörte aber auch auf Bodo, wenn der ihn rief. Sie konnten den Kleinen daher unbesorgt weiter frei herumlaufen lassen. Sie kamen auf dem Weg durch den Wald in Richtung der Bürdenfälle gut voran. Ein strahlend blauer und wolkenloser Himmel über ihnen ließ das gestrige Unwetter schnell wieder vergessen. Die Sonne nützte jede sich bietende Gelegenheit, ihre Strahlen an Bäumen und Sträuchern vorbei nach unten zu lenken und den Weg für die Wanderer auszuleuchten. Zum ersten Mal war die Sicht völlig klar. *Merkwürdig, keine Spur von Nebel, wie in den vergangenen Tagen*, dachte sich Christian und musste unwillkürlich schmunzeln. Hatte er nicht gerade eben selbst zu Bodo gesagt, er hoffe, den Nebel für immer durchdrungen zu haben? War das etwa ein Zeichen? „ So ein Unsinn“, entfuhr es ihm dabei unbewusst, worauf ihn Bodo erstaunt ansah.

„Was meinst du denn mit Unsinn?“, fragte er.

Christian winkte ab. „Ach nichts, alte und einsame Männer wie ich führen zuweilen auch Selbstgespräche.“

„Willst du was trinken? Sollen wir eine Pause machen?“

„Nein, keine Sorge, ich drehe schon nicht durch und habe mich wieder voll und ganz unter Kontrolle."

„Na schön. Zum Bürdenfall ist es wohl nicht mehr allzu weit."

„Und woraus schließt du das?"

„Na ja, die Bürde ist wieder etwas schmäler geworden und ihre Fließgeschwindigkeit hat sich auch erhöht. Ich meine auch, ich hätte eben schon ein leises Rauschen gehört. Hörst du nichts?"

Christian lachte trocken und erwiderte: „Mein lieber junger Freund, ich fürchte, bei meinem Hörvermögen müssten es schon die Niagara-Fälle sein. Früher konnte ich Ameisen husten hören, aber heute ... Doch du könntest richtig liegen, da vorne steht ein Schild, ich kann es von hier aus aber nicht lesen. Wie du daraus unschwer ableiten kannst, bewege ich mich, was Sehen und Hören anbetrifft, etwa auf dem gleichen Niveau."

„Immerhin hast du wenigstens noch das Schild erkannt Warte mal, hier steht, dass es noch zirka tausend Meter bis zu den Fällen sind. Von dort aus geht es dann in mehreren Stufen relativ steil abwärts zum See. In Seehafen gibt es laut meiner Karte eine Bahnstation. Bis dorthin können wir also noch zusammenbleiben. Ich werde von dort aus mit dem Fernzug wieder die Heimreise in Richtung Norden antreten. Du findest sicherlich auch einen Nahverkehrszug, der dich schnell wieder nach Hause bringen wird."

Christian nickte. „Am Bürdenfall ist bestimmt mehr Betrieb als hier. Lass uns daher hier noch in aller Ruhe etwas essen. Ich habe einen Bärenhunger und möchte auch nicht, dass du Frau Wannenmachers Proviant weiter unnütz im Rucksack herumschleppen musst. Der Hund sieht das übrigens ganz genau so, nicht wahr Felix?" Wie zur Bestätigung wedelte ihr vierbeiniger Begleiter heftig mit dem Schwanz und sprang an Bodo hoch. „Siehst du, er weiß ganz genau, wer hier der Futterträger ist."

„Na schön, überredet. Dann wollen wir mal nachschauen, was die gute Seele für uns alles eingepackt hat. Gleich neben dem Schild wartet schon eine Bank auf uns. Ich hoffe, ihr schafft es noch bis dorthin."

Christian erwiderte grinsend: „Aber keinen Schritt weiter, nicht wahr Felix?", was der kleine Hund mit einem zustimmenden Bellen quittierte.

Nachdem sie gegessen hatten setzten sie ihren Weg fort und hatten knapp eine Viertelstunde später den Scheitelpunkt des Bürdenfalls erreicht. Das Wasser des Bürdenbachs rauschte in mehreren Stufen kaskadenförmig hinunter und ergoss sich im Talgrund in den großen See. Von hier oben aus hatten sie einen herrlichen Blick auf den kleinen Fluss, der sich laut tosend in waghalsigen Sprüngen ins Tal hinabstürzte. Im aufsteigenden Sprühnebel über den Fällen brach sich die Sonne und erzeugte in schillernden Farben künstliche

Regenbogen. Der Wanderweg führte in Serpentinen direkt neben dem Wasserfall relativ steil abwärts, sodass sich die beiden Wanderer immer wieder am Holzgeländer, das den Weg in Richtung des Wasserfalls absicherte, festhalten mussten, um nicht abzurutschen, während Felix damit nicht die geringste Mühe hatte und munter zwischen ihnen hin und her sprang. Bodo und Christian blieben immer wieder stehen, um den Ausblick auf den Wasserfall und den See unter ihnen zu genießen. Plötzlich vernahm Christian ein klägliches Winseln. Felix war in einem unbeobachteten Moment in Richtung des Wasserfalls gerannt, wohl um etwas zu trinken, und drohte dabei in die Tiefe zu stürzen. Christian schwang sich ohne weiter nachzudenken mit einem Satz über das brüchige Geländer, um den Welpen zu retten. Doch dabei brach das Geländer unter ihm zusammen, wodurch er ins Straucheln geriet und selbst bedrohlich in Richtung Abgrund rutschte. Mit letzter Kraft konnte er sich gerade noch mit dem linken Arm an einem Stein festklammern, um einen Absturz zu verhindern. Doch sein Griff war nicht fest genug, sodass er immer weiter nach unten rutschte. Er spürte, wie ihn seine Kräfte allmählich verließen und schrie verzweifelt um Hilfe. Kurz bevor ihm schwarz vor Augen wurde, spürte er noch, wie ihn jemand kräftig am rechten Arm packte und nach oben zu ziehen versuchte.

Kapitel 19: Rückkehr

Als er wieder zu sich kam, spürte er noch immer den Griff um seinen rechten Arm. Sein Kopf dröhnte und er war einfach nicht in der Lage, die Augen zu öffnen. Dennoch waren die schrecklichen Bilder vom drohenden Absturz am Bürdenfall noch immer in seinem Kopf und jagten ihm erneut panische Angst ein. Instinktiv versuchte er die Hand, die ihn am Arm hielt, fest zu umklammern, aber seine Kraft reichte dazu nicht aus.

„Ich glaube, er ist aufgewacht", hörte er eine Frauenstimme sagen, die ihm seltsam vertraut erschien. Mühsam versuchte er erneut die Augenlider zu öffnen, doch das helle Licht einer Lampe über ihm stach ihm förmlich in die Augen, sodass er sie gleich wieder schloss. Dann spürte er, wie sich jemand über ihn beugte und ihn sanft auf die Stirn küsste. „Papa, bist du wach?", vernahm er erneut die Stimme, die er im gleichen Moment seiner Tochter Daniela zuordnen konnte. *Wo bin ich? Was ist mit mir passiert?,* schoss ihm plötzlich durch den Kopf. Ein weiterer Versuch, die Augen zu öffnen, gelang schließlich. Er lag in einem Bett, über dem eine große Leuchtstofflampe an der Decke gnadenlos grelle Lichtstrahlen zu ihm hinabwarf. Neben dem Bett konnte er nur schemenhaft die Umrisse seiner Tochter erkennen.

„Kannst du bitte das Licht ausmachen, Daniela", kam ihm nur mühsam über die Lippen.

„Natürlich Papa", erhielt er zur Antwort. Kurz darauf erlosch die Lampe und der Raum, in dem er lag, wurde nur noch von spärlichem Dämmerlicht erhellt, das sich durch ein großes Fenster seinen Weg nach innen suchte.

„Wo bin ich?", fragte er.

„Im Kreiskrankenhaus, Papa", bekam er zur Antwort.

„Seit wann?"

„Man hat dich vor vier Tagen hier eingeliefert, wurde mir gesagt. Geht es dir gut, Papa?"

„Na ja, in meinem Schädel hämmert es, als wolle jemand mit einem Presslufthammer mein Gehirn zertrümmern", stöhnte er. Er registrierte ein unterdrücktes Lachen auf seine Bemerkung. Dann spürte er, wie seine Tochter ihm mit einem feuchten Tuch sanft über die Stirn wischte. Das tat ihm gut und linderte die heftigen Kopfschmerzen zumindest ein bisschen.

„Ich bin so froh, dass du wieder aufgewacht bist, Papa", hörte er Daniela sagen.

„Habe ich denn lange geschlafen?"

Er spürte, wie seine Tochter mit einer Antwort zögerte und ihn schließlich mit „Warte bitte, ich rufe zuerst einen Arzt, denn du darfst dich sicher noch nicht überanstrengen" zu vertrösten suchte. Sie betätigte den Alarmknopf, worauf kurze Zeit später eine Krankenpflegerin und ein Arzt neben ihm am Bett standen. Der Arzt fühlte zuerst seinen Puls und leuchtete ihm danach mit einer kleinen Lampe in die Augen.

„Wozu ist das gut?", hörte er Daniela fragen.

„Es ist ein Pupillentest, mit dem man die Reaktion der Augen auf Lichteinfall feststellen kann", antwortete der Arzt. „Alles in Ordnung, beide Pupillen reagieren einwandfrei und folgen auch den Bewegungen meines Zeigefingers. Die Schwester kann ihm gleich noch den Blutdruck messen und eine neue Infusionsflasche anlegen."

„Darf ich mit meinem Vater sprechen, Herr Doktor?"

„Ja, aber nur ein paar Minuten. Er braucht noch viel Ruhe, aber ich denke, er ist auf einem guten Weg und wird wieder völlig genesen. Wir machen morgen Vormittag noch ein paar Untersuchungen. Danach kann ich Ihnen sicherlich noch etwas mehr sagen."

Daniela schien ein Stein vom Herzen zu fallen. „Das ist ja wirklich eine sehr gute Nachricht, vielen Dank, Herr Doktor?", sagte sie.

„Gerne", erwiderte der Arzt und verließ gleich darauf das Zimmer. Nachdem auch die Krankenschwester gegangen war fragte Christian: „Was ist denn überhaupt mit mir passiert?"

„Du bist wohl gestürzt und dabei mit dem Hinterkopf aufgeschlagen. Zum Glück war es auf einer abschüssigen Wiese, sodass es wohl nur eine leichte Gehirnerschütterung ist, ach ja, und noch ein paar Prellungen im Rückenbereich. Mehr weiß ich jetzt leider auch nicht."

„Und wer hat dich informiert?"

„Werner hat mich gleich angerufen, nachdem sie dich gefunden haben und du ins Krankenhaus transportiert worden bist. Ich habe mich daraufhin gleich ins Auto gesetzt und bin nach Hause gefahren. Seit drei Tagen bin ich schon hier."

„Bist du in unserem Haus, Daniela?"

„Ja, Papa. Werner hat mir die Zweitschlüssel vom Haus gegeben, die du bei ihm deponiert hast. Aber ich denke, fürs Erste haben wir jetzt genug geredet. Du hast ja gehört, dass du dich noch schonen musst. Versuch bitte noch ein bisschen zu schlafen. Ich komme dich morgen mit Werner besuchen. Der kann dir auch deine Fragen viel besser beantworten als ich. Bis morgen also", sagte sie, drückte ihm einen zärtlichen Kuss auf die Stirn und verließ das Krankenzimmer. Christian spürte, wie sehr ihn die Unterhaltung mit dem Arzt und seiner Tochter angestrengt hatte und fiel kurz darauf in einen unruhigen Schlaf, von wirren Träumen begleitet.

Am nächsten Tag stand Daniela um die Mittagszeit mit Werner an seinem Bett und strahlte über das ganze Gesicht.

„Was ist denn mit dir passiert, hast du im Lotto gewonnen?", fragte Christian.

Werner konnte sich ein Lachen nicht verkneifen. „Der Arzt hatte recht, Daniela, er ist fast schon wieder der Alte."

„Wir haben gerade eben mit dem Arzt gesprochen", schob sie nach. „Er hat uns erklärt, dass sie dich heute Vormittag gründlich untersucht und zum Glück nichts gefunden hätten, was einer schnellen Heilung im Wege stehen könnte. Die Prellungen werden dir vielleicht noch eine Weile zu schaffen machen, aber viel wichtiger ist, dass du nur eine leichte Gehirnerschütterung hast. Du musst dich zwar noch ein paar Wochen schonen, darfst aber wohl schon in zwei oder drei Tagen wieder nach Hause, falls keine Komplikationen auftreten, was aber nicht zu erwarten ist. Ich freue mich einfach riesig darüber, Papa", sagte sie und drückte ihm einen Kuss auf die Wangen.

Christian freute sich über diesen offensichtlichen Liebesbeweis, ließ sich aber nichts anmerken. „Könnt ihr mir jetzt bitte mal erklären, was eigentlich passiert ist?", fragte er.

Daniela schaute Werner an und sagte: „Willst du ...?"

Werner nickte. „Ich weiß nicht, ob du dich noch daran erinnern kannst, dass ich vor vier Tagen meinen Geburtstag gefeiert habe. Wir hatten dich ja auch dazu eingeladen, aber wolltest erst später kommen, weil du dich nicht sonderlich wohl gefühlt hattest."

Christian nickte. „Ja, ich erinnere mich daran."

„Schön. Als du am späten Abend noch immer nicht da warst, habe ich begonnen, mir ernsthafte Sorgen um dich zu machen. Da ich auch im ganzen Haus bei dir kein Licht habe brennen sehen, bin ich mit dem Nachschlüssel reingegangen um nachzusehen, aber du warst spurlos verschwunden ohne uns zu informieren, was ja sonst nicht deine Art ist. Ich bin daraufhin mit drei Freunden los, um in der Umgebung nach dir zu suchen. Über zwei Stunden ohne Erfolg. Wir wollten schon die Polizei informieren, doch als wir an der alten Fachwerkbrücke vorbeigekommen sind, haben wir plötzlich unter der Brücke einen Hund laut bellen und heftig winseln hören."

„Das war bestimmt der Felix", murmelte Christian.

Werner schaute ihn irritiert an. „Ich verstehe nicht, wen meinst du denn mit Felix?"

Christian winkte ab. „Später! Erzähl bitte erst mal weiter."

„Also gut. Wir sind dann nach unten geklettert um nachzusehen, immer dem Kläffen des Hundes nach. Schließlich haben wir dich direkt unterhalb des Brückenpfeilers auf dem Rücken liegen sehen. Du warst bewusstlos. Wir haben gleich einen Notruf abgesetzt und einen Krankenwagen alarmiert. Wir haben dann noch mitgeholfen, dich nach oben ins Fahrzeug zu schleppen und sind dann wieder unter die Brücke, um nach dem Hund zu suchen. Aber weit und breit war kein Hund zu finden. Wir haben wirklich jeden Strauch zweimal umgedreht, weil wir dachten, dass er sich vielleicht vor lauter Angst irgendwo versteckt haben könnte. Er muss wohl weggelaufen sein. Eigentlich schade, denn er hat dir mit seinem Gebell letztlich das Leben gerettet. Jedenfalls hätten wir dich ansonsten in der Dunkelheit unmöglich finden können."

„Und Bodo? Ich meine, war denn sonst niemand in meiner Nähe, ich meine einen jungen Mann mit halblangen blonden Haaren."

Christian registrierte, wie sich Daniela und Werner für einen kurzen Moment erstaunt anblickten.

Werner zuckte mit den Schultern. „Bodo? Wer ist denn Bodo? Nein, da war niemand außer dir."

Christian zuckte kurz zusammen und schwieg betreten. Dann ging sein Blick ins Leere.

Daniela, die die merkwürdige Reaktion ihres Vaters im Gegensatz zu Werner sofort registriert hatte, versuchte die Situation mit der Bemerkung zu überspielen: „Ich glaube, das viele Sprechen strengt dich noch zu sehr an, du solltest jetzt besser wieder ein bisschen schlafen, Papa."

Werner nickte. „Daniela hat recht", ergänzte er. „Ruh dich erst mal richtig aus. Wir haben später noch genug Gelegenheit, um ausgiebig über den Vorfall zu sprechen. Ich muss ohnehin gleich wieder zur Arbeit."

„Und ich muss noch ein paar Besorgungen machen, Papa", sagte Daniela, „aber gegen Abend komme ich auf jeden Fall noch einmal bei dir vorbei."

„Gut, ich glaube, es ist wirklich das Beste, wenn ich noch eine Runde schlafe", erwiderte Christian und drehte sich zur Seite. Wirre Gedanken schossen ihm durch den Kopf. War das alles nur ein Traum oder eine Halluzination? Waren Bodo, Felix und alle anderen, denen sie auf ihrer Wanderung durchs Bürdental begegnet waren, nichts weiter als konstruierte Gebilde seines kranken Gehirns? Wieso hatte man ihn eigentlich unter der Brücke gefunden, also am Ausgangspunkt seiner Wanderung mit Bodo, und nicht am Bürdenfall, also dort, wo er kurz vor seiner Ohnmacht über dem Abgrund hing und sich verzweifelt gegen den drohenden Absturz zu wehren versuchte? Wieso waren weder Bodo noch der Hund in seiner Nähe, als er gefunden wurde, obwohl doch eindeutig ein Hund seine Retter auf ihn aufmerksam gemacht hatte? Fragen über Fragen, auf die er einfach keine vernünftige Erklärung fand und schließlich erschöpft einschlief.

Es war schon fast dunkel draußen, als Daniela zurückkam. „Tut mir leid, Papa, dass es so lange gedauert hat, aber ich hatte so viel zu erledigen", sagte sie und drückte ihm einen Kuss auf die Stirn.

„Kein Problem, ich hatte ohnehin nichts anderes mehr vor", erwiderte ihr Vater, was sie mit einem Grinsen registrierte.

„Werner hatte tatsächlich recht mit seiner Bemerkung, dass du einfach unverwüstlich bist, und das freut mich sehr."

„Ja, wird schon, aber wo hast du eigentlich deinen Mann und meinen Enkelsohn gelassen?"

„Den Kleinen habe ich mit hierher gebracht, Papa. Sein Vater ist in Japan."

„In Japan? Um Himmels Willen, was macht er denn dort?"

„Er baut im Auftrag seiner Firma eine neue Produktionsstätte auf und wird danach auch dort die Geschäftsführung übernehmen."

„Donnerwetter, dann ist er aber auf der Karriereleiter ziemlich schnell nach oben geklettert." Daniela nickte, aber sie schien sich nicht so richtig darüber zu freuen. „Was ist denn mit dir, bist du nicht glücklich darüber?"

Sie schüttelte den Kopf. „Nicht wirklich, Papa. Stefan hat nur noch sein berufliches Weiterkommen im Sinn, während der Kleine und ich kaum noch Platz in seinem Leben finden."

„Das klingt aber nicht so gut, Daniela. Gehst du nicht mit ihm nach Japan?"

„Nein! Der kleine Oliver muss nächstes Jahr in die Schule. Ich möchte, dass er hier zur Schule geht und in unserem Kulturkreis aufwächst."

„Aha, und was heißt das konkret? Habt ihr euch etwa getrennt?"

„Noch nicht endgültig, Papa, aber wenn es so weitergeht .... Ich kann dir jetzt nicht mehr dazu sagen. Ich werde auf jeden Fall wieder nach Deutschland zurückkommen, mit Oliver."

„Und wo ist der Kleine jetzt, ich meine, du hast ihn doch hoffentlich nicht alleine im Haus gelassen?"

„Natürlich nicht, er ist bei Werner und seiner Frau und spielt dort mit ihren Enkelkindern. Ich habe ihn nur einmal ins Krankenhaus mitgenommen, aber hier herumsitzen und warten ist einfach noch nichts für ihn. Ich bin jedenfalls sehr froh, dass unsere Nachbarn mir von sich aus angeboten haben, auf ihn aufzupassen."

Unsere Nachbarn, sie hat tatsächlich unsere und nicht deine Nachbarn gesagt, registrierte Christian, ohne direkt darauf einzugehen.

„Ich bin mit Stefan so verblieben, dass wir zumindest versuchen wollen, im Interesse unseres Sohnes weiterhin zusammenzubleiben und wenigstens eine Ehe auf Distanz zu führen. Stefan kann es sich bei dem Gehalt, dass sie ihm zahlen, problemlos leisten, ein paar mal im Jahr nach Deutschland zu fliegen, zumal er auch hin und wieder hier geschäftlich zu tun haben wird. Natürlich werden ihn Oliver und ich auch mal in Japan besuchen. Wer weiß, vielleicht ist das ja für alle Beteiligten eine gute Lösung."

Christian nickte. „Ein Versuch ist es allemal wert. Willst du denn auch wieder arbeiten gehen?"

„Ja Papa, ich bräuchte es aus finanziellen Gründen zwar nicht, aber ich will auf jeden Fall für die Zukunft vorsorgen. Man weiß ja nicht, wie das alles enden wird, ich meine mit Stefan und mir. Einen Vollzeitjob will ich allerdings erst wieder annehmen, wenn Oliver eingeschult worden ist. Aber ...", sie zögerte einen kurzen Moment und fuhr dann fort, „ich habe mit meinem früheren Arbeitgeber Kontakt aufgenommen. Sie haben mir eine Drittelstelle angeboten, fünfzehn Stunden pro Woche, um genau zu sein."

„Du meinst die Hauptstadtbank?"

Daniela nickte.

Christian durchzuckte blitzartig ein Gedanke, den er jedoch nicht auszusprechen wagte.

„Und ab wann?"

„Schon ab nächsten Monat, Papa."

„Also ab Oktober?"

„Genau."

„Und wo willst du wohnen, ich meine hast du schon eine Wohnung?"

Daniela schüttelte den Kopf, erhob sich abrupt aus dem Besucherstuhl und ging im Zimmer auf und ab. Man konnte ihr die plötzliche Nervosität förmlich ansehen. Dann gab sie sich einen Ruck und setzte sich wieder. „Einmal muss ich es ja ansprechen, Papa. Ich wollte dich fragen, ob du dir vorstellen kannst, dass ich eventuell mit Oliver bei dir wohnen kann, zumindest für die erste Zeit, und natürlich auch nur in der Einliegerwohnung. Na ja, ich meine ..." Sie schwieg und fuhr dann fort: „Bis zur Hauptstadt ist es ja nicht allzu weit, sodass ich eigentlich mit dem Auto beruflich pendeln könnte, wenigstens so lange, bis ich eine schöne Wohnung für Oliver und mich gefunden habe, natürlich auch für Stefan, wenn der zu Besuch kommt. Und du könntest dich vielleicht ein bisschen um deinen Enkel kümmern. Na, was sagst du dazu?"

Christian verschlug es für einen Augenblick fast die Sprache. Um was seine Tochter ihn gerade bat, das hätte er in seinen kühnsten Träumen nicht zu hoffen gewagt. Er spürte, wie sein Puls vor Freude heftig zu schlagen begann. Dennoch konnte er es sich nicht verkneifen, Daniela noch ein bisschen zappeln zu lassen. „Mmh, die Einliegerwohnung, ausgerechnet die Einliegerwohnung", brummte er.

„Was ist denn mit der Einliegerwohnung, Papa? Willst du sie etwa vermieten?"

„Vermieten ist nicht der richtige Ausdruck, aber jemand anderes will sie nutzen."

Daniela war wie vor den Kopf geschlagen. „Jemand anderes? Und wer?"

Ihr Vater grinste und erwiderte: „Er liegt hier im Bett."

„Du, aber warum das denn, Papa?"

„Die beiden Stockwerke oben drüber sind einfach viel zu groß für mich. Ich nutze seit Jahren ohnehin nur einen kleinen Teil davon."

Daniela schüttelte verständnislos den Kopf. „Aber was willst du denn damit machen, willst du die etwa vermieten?"

„Nein, nicht vermieten, aber für die habe ich auch schon eine andere Verwendung."

Daniela stand die Enttäuschung förmlich ins Gesicht geschrieben. „Ach so, ja dann ..." Sie stockte kurz, aber ihre Neugier schien doch die Oberhand zu gewinnen. „Was willst du denn damit machen, Papa?"

„Weißt du, Daniela, es gibt da eine junge Frau mit ihrem Kind, die dort wohnen soll."

Daniela nickte stumm und wischte sich verstohlen eine Träne aus dem Augenwinkel. „Ich verstehe, Papa, das ist natürlich etwas anderes." Sie schwieg für ein paar Sekunden und fragte dann: „Kennst du sie denn näher, ich meine ...?"

„Und ob", erwiderte Christian und konnte sich nur mühsam ein Lachen verkneifen.

„Verstehe. Ist es etwas Ernstes?"

„Ich glaube schon, Daniela?"

„Kenne ich sie vielleicht? Wie heißt sie denn?"

„Und ob du sie kennst", prustete ihr Vater plötzlich los und fing lauthals an zu lachen. „Du hast du es wohl noch immer noch begriffen, mein Kind. Sie heißt Daniela, hat einen kleinen Sohn namens Oliver, sitzt gerade neben mir am Bett und ihr Mann ..." Weiter kam er nicht, weil Daniela ihm spontan um den Hals fiel und sein Gesicht mit Küssen förmlich torpedierte.

„Oh Papa, ich bin ja so glücklich. Und du hast dich kein bisschen verändert, weil du mich noch immer genau so gerne veralberst wie früher."

Christian schüttelte energisch den Kopf. „Stimmt nicht, Daniela, denn dein Papa hat gerade eine Kehrtwende auf seinem Lebensweg gemacht, und ich bin mir sehr sicher, dass er diesmal in die richtige Richtung marschieren wird."

„Das verstehe ich zwar jetzt nicht ganz, aber das kannst du mir auch morgen noch erklären. Ich muss nämlich jetzt gleich nach Hause, um Oliver endlich ins Bett zu bringen."

„Tu das bitte, und gib meinem Enkelsohn einen dicken Kuss von seinem Opa."

„Herzlich gerne, aber nur, wenn du auch für deine Tochter noch einen übrig hast."

„Jede Menge, Daniela. Ich glaube, in dieser Beziehung haben wir beide noch einiges nachzuholen."

Daniela nickte und sagte: „Ja Papa, das werden wir auch. Ganz bestimmt werden wir das."

Als sie gegangen war ließ Christian seinen Tränen, die er die ganze Zeit über krampfhaft zu unterdrücken versucht hatte, freien Lauf. Überflüssig zu erwähnen, dass es sich hierbei um Freudentränen handelte. Er blickte aus dem Fenster in den Nachthimmel, der mit Sternen förmlich übersät war und murmelte: „Danke Bodo, dass du mich ein Stück begleitet und wieder auf den richtigen Weg geführt hast. Und achte bitte gut auf den kleinen Felix." Das Funkeln eines Sternes weit draußen am Horizont deutete er als untrügliches Zeichen dafür, dass seine Botschaft richtig angekommen war.

Epilog

Ich freue mich sehr, dass sie Christian und Bodo auf ihrem Weg durchs Bürdental bis zum Schluss begleitet haben. Ich hoffe, dass dieser Weg für Sie nicht allzu beschwerlich war und dass er auch Ihnen etwas gebracht hat, vielleicht ein paar Eindrücke von der herrlichen Landschaft, vielleicht aber auch ein bisschen mehr. Sie möchten sicher wissen, wo es genau liegt, das Bürdental. Ich will es Ihnen gerne verraten, es liegt direkt vor Ihnen und sie befinden sich unmittelbar auf dem Weg, den ich gerade beschrieben habe. Aber diesen Weg müssen sie jetzt alleine weitergehen. Nein, natürlich nicht ganz alleine, denn selbst der einsamste Mensch ist nie ohne Begleitung unterwegs. Sie glauben mir nicht? Dann fragen Sie doch einfach mal ihren Schutzengel, denn zumindest der begleitet sie ganz sicher in jeder Sekunde ihres Lebens, wo auch immer sie sein mögen. Hören Sie bitte auf ihn, falls er Ihnen signalisieren sollte, dass sie womöglich auf einem Holzweg oder in einer Sackgasse gelandet sind und schnellstens wieder in die richtige Richtung marschieren sollten. Glauben Sie mir bitte, er kennt ihren Weg und ihr Ziel weitaus besser als jeder andere, der Sie möglicherweise sogar in bester Absicht auf einen Irrweg lenken könnte. Seien Sie aber bitte nicht enttäuscht, wenn sich Ihr Schutzengel nicht unmittelbar zeigt oder wenn sie ihn nicht unmittelbar hören können, denn er möchte schließlich, dass sie selbst den richtigen Weg finden. Doch für den Fall, dass Sie nicht mehr richtig weiter wissen oder gar abzudriften drohen, ist er stets gerüstet und wird sich sofort bei Ihnen bemerkbar machen. Wie? Nun, das ist bei jedem unterschiedlich, vielleicht durch ein ungutes Gefühl oder durch Bauchschmerzen oder durch einen plötzlichen Schweißausbrauch, verbunden mit einem schlechten Gewissen, das leider nicht wenige immer wieder zu verdrängen versuchen. Achten Sie daher einfach künftig mehr auf entsprechende Signale, wenn sie den richtigen Weg gehen wollen. Wie ihr Schutzengel heißt? Das weiß ich leider nicht. Meiner heißt übrigens Bodo und lässt Sie herzlich grüßen. Er wünscht Ihnen allen, dass sich der Nebel, der sich durchaus auch auf Ihrem Weg mal bilden kann, schnellstens wieder verflüchtigen wird und dass Sie Ihr Ziel nie aus den Augen verlieren werden.

Angst um Melanie

Verlag Books on Demand GmbH
ISBN: 978-3899068177
144 Seiten, 7,50 €

Dramatischer Tatsachenroman über das Schicksal eines Pflegekindes

Bereits wenige Wochen nach Abgabe eines Adoptionsantrages wird einem jungen Ehepaar mit zwei leiblichen Kindern ein nur sechs Monate altes Mädchen namens Melanie vermittelt. Ihr Glück scheint vollkommen, bis sich Melanies leibliche Mutter meldet und das Kind wieder zurückhaben möchte. Ein dramatischer Kampf um das Schicksal des kleinen Mädchens entbrennt.

Urs der Zauberbär
Verlag Books on Demand GmbH
Taschenbuch: ISBN 978384809305, Preis 9,90 €
E-Book: ASIN B006L302W6, Preis 8,49 €

Eine lustige und spannende Abenteuergeschichte über einen kleinen Braunbären für Kinder und alle Junggebliebenen mit über 20 farbigen Illustrationen.

SEPTEMBER ELEVEN

Verlag CreateSpace Independent Publishing
Platform
ISBN: 978-1500432928
142 Seiten, Preis 5,90 €
E-Book ASIN B00LNGPL6I, Preis 3,09 €

Spannender Tatsachenroman über eine Flugreise am
Tag der Terroranschläge in den USA.

11. September 2001. Ein Linienflug von Frankfurt
nach Chicago. Etwa eine Stunde vor der planmäßigen
Landung ändert die Maschine abrupt ihren Kurs. Keiner der Passagiere kennt den Grund. Ein abenteuerli-
cher Irrflug, ausgelöst durch die Terroranschläge in
den USA, beginnt.

Erwin räumt im Jenseits auf
Verlag CreateSpace Independent Publishing
Platform
ISBN: 978-1497324664
110 Seiten, Preis 5,99 €
E-Book Kindle Edition
ASIN: B006C49S4C, Preis 3,09 €

Gibt es ein Leben nach dem Tod, und wenn ja, wie könnte es vielleicht aussehen? Der Autor gibt in dieser skurrilen Geschichte auf humorvolle Weise darauf eine Antwort.

Erwin Eigenwillig, ein unverbesserlicher Eigenbrötler, findet sich nach einem Autounfall unverhofft im Jenseits wieder. Orientierungslos irrt er durch eine ihm unbekannte virtuelle Welt, in der neue Gefahren auf ihn lauern. Erwin versucht, diese mit allen Mitteln zu meistern.

Geh den Weg zu Ende
Verlag CreateSpace Independent Publishing
Platform
ISBN: 978-1496189486
56 Seiten, Preis 3,75 €
E-Book Kindle Edition
ASIN: B006V22HHK, Preis 1,17 €

Ein Mann lässt bei einem Spaziergang in trister Novemberatmosphäre sein bisheriges Leben Revue passieren. Dabei wird er von einem Auto erfasst und findet sich plötzlich im Jenseits wieder. Seine Erlebnisse
in dieser unbekannten virtuellen Dimension lassen ihn
sein Schicksal in einem völlig anderen Licht erscheinen.

Zur Seele tauchen
E-Book Kindle Edition
ASIN: B0072V4FGU
Preis 1,19 €

Den richtigen Lebensweg zu finden und ihn unbeirrt zu gehen, ist schwierig. Viele verlassen sich meist nur auf ihren Verstand, weil wir als zivilisierte Menschen im Gegensatz zu den Tieren verlernt haben, unserem Instinkt zu folgen, insbesondere dann, wenn Verstand und Instinkt nicht im Einklang zueinanderstehen. So siegen Fakten und Argumente meist gegen Gefühle und Empfindungen. Die negativen Folgen zeigen sich oft erst viele Jahre später und sind nicht selten verheerend. Wann immer wir einen Zwiespalt in uns spüren, sollten wir daher versuchen, der Sache auf den Grund zu gehen und auch auf das zu hören, was unsere Seele empfindet. Von Zeit zu Zeit einfach mal zur Seele tauchen, um Gefühle und Empfindungen freizulegen. Besinnliche Gedanken und Geschichten in diesem Buch sollen dazu eine Inspiration geben, ergänzt um Anregungen und Tipps zum Selbsttauchen.

Schreiben tut weh
E-Book Kindle-Edition
ASIN: B008LJCC08
Preis 1,19 €
Unterhaltsamer Ratgeber auf Basis eigener Erfahrungen des Autors, mit vielen Praxistipps und interessanten Hinweisen für alle, die sich fürs Schreiben interessieren.

Da haben wir die Bescherung
E-Book Kindle Edition
ASIN: B006EJFVWI
Preis 1,36 €

Alle Jahre wieder, wenn der Kalender nur noch ein paar Blätter für den Rest des Jahres übrig hat, steht Weihnachten vor der Tür, für viele das schönste Fest des Jahres. Der Zauber der Heiligen Nacht, getragen von Wünschen, Hoffnungen und Erwartungen, von Sehnsucht nach Frieden, nach Liebe und nach Geborgenheit, lässt zumindest für kurze Zeit viele Alltagssorgen und -probleme vergessen oder zumindest in den Hintergrund rücken. Ein paar heitere und besinnliche Geschichten und Gedichte in diesem Buch sollen dazu ein wenig beitragen.

STUMM-DENK-MAL

Verlag Books on Demand GmbH
Taschenbuch: ISBN978-3848217854,
Preis 7,90 €
E-Book: ASIN B00APSS2RA, Preis 5,99 €

Eine globale Wirtschaftskrise irgendwann in der Zukunft, von der auch die Stadt Neunkirchen betroffen ist. Bei einem nächtlichen Spaziergang, in Gedanken nach einer rettenden Lösung für seine Stadt versunken, fällt der Oberbürgermeister vor dem Stummdenkmal auf die Knie und fleht den Freiherrn Karl-Ferdinand von Stumm in seiner Verzweiflung um Hilfe an. Damit erweckt er den ehemaligen Stahlbaron auf wundersame Weise zu neuem Leben.

Lyrik – Sprachrohr der Seele
E-Book Kindle Edition
ASIN: B00ARIN29Q
Preis 1,15 €

Lyrik, unverzichtbar, um Gedanken freien Lauf zu lassen, um Gefühle und Empfindungen, gleich welcher Art, freizulegen. Nur wenige Worte, tief ergreifend, Emotionen auslösend. Lyrik als Sprachrohr der Seele lässt uns für ein paar Zeilen oder Strophen innehalten, die Alltagssorgen vergessen und unser Herz berühren, nur eine kleine Auszeit, um die Seele baumeln zu lassen und den Speicher für Emotionen wieder etwas aufzuladen.

Raimund Eich

Es geschah am achten Tag
eine himmlische Geschichte

Es geschah am achten Tag
Verlag Books on Demand GmbH
Taschenbuch: ISBN 978 -3732283804
Preis 8,50 €
E-Book: ASIN B00GBJJ23U, Preis 4,49 €

In der Schöpfungsgeschichte wird darüber berichtet, wie der liebe Gott die Welt in sechs Tagen erschaffen und sich am siebten Tag von den Strapazen ausgeruht hat. Aber was geschah eigentlich am achten Tag und was hat das mit dem Saarland zu tun? In dieser wahrhaft unglaublichen Geschichte wird das Geheimnis gelüftet.

Planet der Grausamkeiten
Verlag CreateSpace Independent
Publishing Platform
ISBN 978-1495943041, Preis 3,75 €
E-Book ASIN B00IIUJ4XS, Preis 1,14 €

Ein Mann wird mitten in der Nacht aus dem Schlaf gerissen und von vermummten Gestalten verschleppt. In einer Art Gerichtssaal soll er sich für grauenvolle Massaker an Tieren in einem schier unermesslichen Ausmaß rechtfertigen, mit denen er jedoch nichts das Geringste zu tun hat, so glaubt er jedenfalls. Doch was er in dieser Nacht erfährt, lässt sein Weltbild heftig ins Wanken geraten.

Jenseits in Eden
Verlag Books on Demand GmbH
Taschenbuch: ISBN 978 -3734732065
Preis 7,50 €
E-Book: ASIN B00QFKK7WA, Preis 2,49 €

Lukas hat seinen gut bezahlten Job als Montageinge-
nieur aufgrund von Alkohol- und Geldproblemen verloren. Zudem steht ihm ein Prozess wegen Korruption
bevor, der seine berufliche Zukunft endgültig zu zerstören droht. Die Schuld an dieser tragischen Entwicklung gibt er seiner Frau Christina, die ihn mit anderen
Männern betrogen hat. Er beschließt, sich an ihr zu rä-
chen und lauert ihr mit einem Wagen auf, um sie auf
einer schmalen Brücke zu überfahren. Doch in letzter
Sekunde reißt er das Steuer des Wagens herum, worauf dieser sich überschlägt und eine steile Böschung
hinabstürzt.